作者 吉原早季子　　譯者 劉建池・葉雯婷

一本漫畫學會

生活日語會話

台湾で生活を始めてから5年が経ちました。私はもう10年近く海外にいますが、海外生活の始まりはオーストラリアでした。母国語なら簡単にできる手続きの時や冗談を言う時、友達と噂話をする時も、とっさに言葉が出ないことがとても悔しくもどかしかったのをよく覚えています。また、友達同士の会話は、一般的な教科書にはないフレーズが使われることもしばしばです。若者言葉は流行に合わせて日々変化するので難しいのですが、かわいくておもしろくて、何とも魅力的です。

この本では、日本で生活していく上で必要なフレーズをはじめ、友達と楽しく会話してもらうためのヒントをたくさんご紹介しています。言葉を学ぶというのは、文化を学ぶということだと私は思っています。感謝や謝罪も、文化が違えば表現も変わっていくものだからです。これから日本での生活を考えている皆さん、いつか日本で生活してみたいなぁと夢見ている皆さん、まずはこの本で、小晴と一緒に日本生活を体験してみましょう！挑戦して、失敗して、思いっきり楽しんで、たくさんの思い出を作っていって欲しいと思います。

最後になりましたが、本書の編集、製作に当たり、ご意見ご助力いただきました皆様に、深く感謝申し上げます。今後とも、一層のご指導ご鞭撻のほど、よろしくお願い申し上げます。

そしてこの本を手に取ってくれた皆さんが、素晴らしい日本生活を過ごせますように。

我開始在台灣生活，已經五年了。而在外國的生活也已近十年，我的外國生活，是從澳洲開始的。我深刻地記得，當進行用母語時很簡單的手續、開玩笑時、和朋友間聊時、無法瞬間説出語句的懊悔與焦躁。朋友間的對話，也經常會出現教科書上沒教的句子。年輕人使用的語詞，隨著流行日日改變，雖然很困難，但同時很可愛也很有趣，非常有魅力。

這本書從日本生活上需要用到的句子開始，介紹了許多能和朋友開心交談的小訣竅。感謝、道歉等隨著文化的不同，表現也會有所不同，因此我認為學語言就是學習文化。預計要去日本展開生活，夢想有一天在日本生活的讀者朋友，就從這本書開始，與小晴一起體驗在地生活吧！挑戰、失敗、盡可能地享受這一切，希望大家都能留下許多回憶。

最後，由衷感謝這本書的編輯、製作、協助並給予意見的各位。今後也請不吝指教與鞭策。

希望拿起這本書的讀者，都能在日本愉快地生活。

吉原早季子

小晴：こはる (20)

日本へワーキングホリデーに来た台湾人の女の子。好奇心旺盛！

到日本打工度假的台灣女孩。充滿好奇心！

朝陽：あさひ (22)

バイト先の先輩。大学4年生。とても優しくて後輩思い。

打工場所的前輩。大四生，非常友善，很照顧後輩。

咲良：さくら (20)

バイト先の同僚。おしゃれ大好き！

打工場所的同事。很喜歡打扮！

樹：いつき (20)

バイト先の同僚。無口で人見知り。

打工場所的同事。沉默寡言、怕生。

目次

日本での新生活 Start！

日本新生活展開！

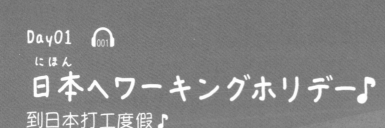

日本へワーキングホリデー♪
到日本打工度假♪

苦節3年…長かった…
大学時代から死ぬほど日本語を勉強して、やっと
N1ゲット！そして今年、念願のワーホリビザを手
に入れた！！いろいろ不安なことはあるけど、一
年間どんな生活になるか楽しみ！日本語も勉強し
ながら、日本の文化も勉強したいな（・∀・）友
達たくさんできるかなあ。がんばろう！

寒窗3年……真是漫長呀……。

大學時期開始就拚死拚活地學日語，終於拿到N1了！而且今年

還如願以償拿到了打工度假的簽證！！雖然有許多不安的事，

但很期待這一年會有什麼樣的生活！我想在學日文的同時，也

鑽研日本的文化（・∀・）應該能交到許多朋友吧。加油囉！

部屋探し！（へやさがし！） 找房子！

🎧 002

こんにちは〜！

你好〜！

いらっしゃいませ！

歡迎歡迎！

あの、この辺で部屋を探したいんですが…

那個・我想找這附近的房子……。

はい、ご希望のお部屋の条件はお決まりですか？

好的・您已經決定好想要的房子條件了嗎？

わかりました。女性は防犯上、2階以上のお部屋をお勧めします。

我了解了。為避免犯罪事件・我們會推薦女性朋友2樓以上的房子。

えーと、一人暮らしなので1Rか2Kくらいで、日当たりが良くて、駅から徒歩10分以内がいいなぁと思ってます。

嗯……因為我一個人住・希望是套房或是有廚房的2房。日照良好、從車站走路10分鐘以內可到。

和室・洋室や、バストイレ別などのご希望はございますか？

您有日式、西式・或是浴廁分離的房型需求嗎？

フローリングだと嬉しいです。バストイレは特に…あ、家賃は8万円以下の所をお願いします。

有木質地板的話就太棒了。浴室和廁所就沒特別需求……啊，希望房租在8萬日圓以下。

003

・この辺で部屋を探したいんですが…

我想找這附近的房子……。

・一人暮らしなので〇〇くらいがいいです。

因為我一個人住，希望可以是〇〇。

・日当たりがいい部屋がいいなぁと思ってます。

感覺日照良好的房間比較好。

・駅から徒歩〇〇分以内が希望です。

希望從車站走路〇〇分鐘以內可到。

・家賃は〇〇万円以下の所をお願いします。

希望是房租在〇〇萬日圓以下的地方。

・〇〇と嬉しいです。

〇〇的話就太棒了。

- 希望（きぼう）
需求

- 条件（じょうけん）
條件

- 一人暮らし（ひとりぐらし）
一個人住、獨居

- 日当たり（ひあたり）
日照

- 南向き（みなみむき）
朝南方

- 風通し（かぜとおし）
通風

- 駅近（えきちか）
車站附近

- 防犯（ぼうはん）
預防犯罪

・南向き（みなみむ）きの、日当たり（ひあ）がよくて風通し（かぜとお）しがいい部屋はありますか？

有朝南方且日照和通風都良好的房間嗎？

- 和室（わしつ）
日式房間

- 畳（たたみ）
榻榻米

- 洋室（ようしつ）
西式房間

- フローリング
木質地板

- バストイレ別（べつ）（セパレート）
浴廁分離

- ユニットバス
一體成形衛浴

・フローリングの洋室（ようしつ）で、バストイレ別（べつ）がいいなぁと思（おも）ってます。

我覺得有木質地板且浴廁分離的西式房間比較好。

- 家賃（やちん）
房租

- ガス、水道代（すいどうだい）
瓦斯、水費

- 光熱費（こうねつひ）
光熱費（電費與瓦斯費的合稱）

・家賃（やちん）に、光熱費（こうねつひ）や水道代（すいどうだい）は含（ふく）まれますか？

房租有包含光熱費和水費嗎？

まめ ち しき
豆知識メモ！！

豆知識随手記！！
005

にほん ちんたい へ や きほんてき か ぐ じ ぶん か
日本の賃貸のお部屋は、基本的に家具がない！自分で買わなけ

しょっき ひつよう
ればいけない！(>-<;) カーテンや食器も必要！

日本租用的房子基本上是沒有傢俱的！必須自己買！(>-<;) 窗簾和餐具也是喔！

へ や ひろ べんきょう
部屋の広さについて勉強しよう！

來學學有關房子大小的知識吧！

じゅうさん にじゅう
【1R（ワンルーム）13 〜 20 ㎡】套房

おお
・ユニットバスのところが多い。

這類房子的衛浴多為一體成形。

ところ ところ
・キッチンがある所と、ない所がある。

有的房子有廚房，有的沒有。

せんたくき お ば そと ばあい おお
・洗濯機置き場が外の場合が多い。

放置洗衣機的地方大多在室外。

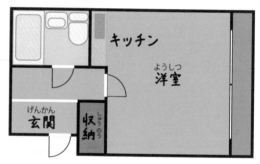

じゅうさん にじゅうご
【1K（ワンケー）13 〜 25 ㎡】含廚房的套房

よくしつ べっ つく
・浴室とWC(トイレ)が別な造りは、「セパレート」というよ！

浴室和廁所分開的稱為「乾濕分離」。

べっ
・キッチンは別。

廚房為獨立空間。

【1DK（ワンディーケー）20 〜 30 ㎡】 一房一廚房兼飯廳

・ダイニングキッチン＋もう一部屋ある。

　有廚房兼飯廳＋獨立1個房間。

・もう一部屋が8畳以上だと、1LDK になる。

　房間若大小是8張榻榻米以上，就是1LDK。

・収納スペースが結構広い。

　収納空間非常大。

・バストイレ別のお部屋も結構ある。

　這類房子浴廁分離的也很多。

※その他　其他

【1LDK（ワンエルディーケー）23 〜 35 ㎡】 一房一廳

【2LDK（ツーエルディーケー）35 〜 45 ㎡】 兩房一廳

※キッチンのコンロの種類は3種類。

　廚房的烹調爐種類有3種。

・ガス　・電熱線　・IH

　瓦斯　　插電型　　IH調理爐

※インターネットよりも、実際に周りを歩きながら近くの不動産屋で探した方がいい！

　比起上網看房子，不妨實際走訪周遭環境，到附近的房屋仲介公司找找看！

セレブ！
貴婦！

どんなお部屋に住もうかな…

住哪種房子才好呢……

今日は部屋の内見の日！家賃もう少し安くならないかなあ…大家さんにうまく交渉したい。部屋を見るときは、周りの環境もチェックしないとね。いろんな部屋の間取りを見るとわくわくしちゃう！自炊したいからキッチンは大き目がいいけど、あるかしら。角部屋の方が日当たりがよさそうだけど、高いのかなあ。不動産屋さんにきちんと相談して、いいお部屋を見つけよう。

今天是看房子的日子！不知道房租能不能再便宜點呢……想好好地跟房東商量。看房子的時候，也必須確認一下周遭的環境呢。看到各種房屋格局就會不自覺地興奮起來！我想自己煮飯，廚房大一點比較好，會有這種物件嗎？邊間日照似乎比較好，但應該很貴吧。好好地跟房仲討論，找間好房吧。

内見の日
<ruby>内<rt>ない</rt></ruby><ruby>見<rt>けん</rt></ruby>の<ruby>日<rt>ひ</rt></ruby>

看房子當天

こちらは、<ruby>学生専用<rt>がくせいせんよう</rt></ruby>のアパートです。

這棟是學生專用的公寓。

ベランダがあるので、<ruby>洗濯物<rt>せんたくもの</rt></ruby>も<ruby>干<rt>ほ</rt></ruby>せますよ。

有陽台可以曬衣服喔。

あの、<ruby>女性専用<rt>じょせいせんよう</rt></ruby>のアパートはありますか？

那個・有女性專用的公寓嗎？

セキュリティのしっかりした<ruby>物件<rt>ぶっけん</rt></ruby>がいいです。

我想要保全措施較健全的物件。

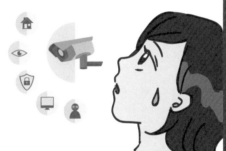

わかりました。こちらはオートロックで、<ruby>管理人<rt>かんりにん</rt></ruby>も<ruby>常駐<rt>じょうちゅう</rt></ruby>です。<ruby>監視<rt>かんし</rt></ruby>カメラもありますよ。

我了解了。這棟有自動鎖・也有管理員常駐。還有裝監視攝影機喔。

<ruby>管理費<rt>かんりひ</rt></ruby>は<ruby>家賃<rt>やちん</rt></ruby>に<ruby>含<rt>ふく</rt></ruby>まれていますか？

管理費是包含在租金裡嗎？

いいえ、<ruby>月々<rt>つきづき</rt></ruby>5,000<ruby>円<rt>えん</rt></ruby>の<ruby>管理費<rt>かんりひ</rt></ruby>がかかります。

沒有・每個月需要支付 5,000 日圓的管理費。

わ〜<ruby>予算<rt>よさん</rt></ruby>オーバーだなぁ…。<ruby>大家<rt>おおや</rt></ruby>さんに<ruby>家賃交渉<rt>やちんこうしょう</rt></ruby>できるかなぁ。

哇〜超過預算了呢……。不知道能不能和房東商量一下房租呢？

・〇〇専用のアパートはありますか？
有〇〇專用的公寓嗎？

・ベランダがあるので、洗濯物を干すこともできます。
有陽台可以曬衣服。

・セキュリティがしっかりした物件がいいです。
我想要保全措施較健全的物件。

・管理費は家賃に含まれていますか？
管理費是包含在租金裡嗎？

・月々〇〇円の管理費がかかります。
每個月需要支付〇〇日圓的管理費。

・この建物は木造の4階建て、築15年です。
這棟建築物是木造的四層樓房，屋齡15年。

・この物件のキッチンは二口コンロです。
這個物件的廚房採用雙口爐。

・予算オーバーだなぁ。
超過預算了呢。

16

- インターホン
  對講機
- セキュリティ
  保全措施
- 女性専用（じょせいせんよう）
  女性專用
- 学生専用（がくせいせんよう）
  學生專用
- 宅配ボックス（たくはい）
  宅配箱
- オートロック
  自動鎖
- 管理費（かんりひ）
  管理費
- 監視カメラ（かんし）
  監視攝影機

・監視カメラ（かんし）や管理人（かんりにん）さん常駐（じょうちゅう）など、セキュリティもばっちりです。

有裝監視攝影機且常駐管理員，保全措施也相當健全。

- 木造（もくぞう）
  木造
- 鉄筋造（てっきんづくり）
  鋼筋建築
- 間取り（まど）
  格局
- 角部屋（かどべや）
  邊間、角落的房間
- 居間（いま）
  客廳
- 寝室（しんしつ）
  寢室
- キッチン
  廚房
- ベランダ
  陽台（有屋頂）
- バルコニー
  露台（無屋頂）

・木造（もくぞう）の5階建（ごかいだ）てで、間取（まど）りは居間（いま）、寝室（しんしつ）、キッチンの2K（にケー）です。

木造的5層樓房，格局為2K，有客廳、寢室與廚房。

- ＩＨ クッキングヒーター（アイエイチ）
  IH 調理爐
- 一口コンロ（ひとくち）
  單口爐
- 化粧台（けしょうだい）
  化妝台

・自炊（じすい）したいので、二口コンロ（ふたくち）がいいなぁと思（おも）っています。

我想自己煮飯，有雙口爐比較好。

17

豆知識隨手記！！

ベランダとバルコニーってなにが違うのか！

「陽台」和「露台」有什麼不同呢！

【バルコニー】露台

・屋根がない、手すり付きの場所。

沒屋頂、有扶手的地方。

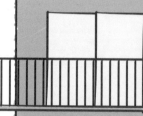

【ベランダ】陽台

・建物の外に突き出した形で、屋根がある。

（だから雨の日でも洗濯物が干せる！）

突出於建築物之外，有屋頂。

（所以下雨天也能曬衣服！）

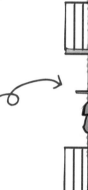

自炊のために、コンロの種類を調べよう！

為自己下廚做準備，來查查爐子的種類吧！

【ガスコンロ】瓦斯爐

・ガスを使ったコンロだから、火力が強い！

※都市ガスとプロパンガスの二種類がある。

（光熱費はプロパンガスの方が安い）

・使用瓦斯的爐子，火力很強！

※ 有天然氣與液化石油氣兩種。

（液化石油氣的光熱費比較便宜）

【IH クッキングヒーター】IH調理爐
（アイエイチ）

・掃除が簡単で火力を調整しやすい！

清潔簡單且火力易調整！

※光熱費は、都市ガスより安くて、プロパンガスより高い。

光熱費較天然氣便宜・但比液化石油氣貴。

東京で一人暮らしをする時の費用はどのくらい？

在東京一個人居住時的花費大概是多少呢？

・家賃の平均（20代）は6〜7万円

※皆、大体給料の3分の1くらい。

・平均房租（20幾歲的人）為6〜7萬日圓

※整體大概是薪水的3分之1。

・食費の平均は一ヶ月2万〜3万

※社会人は飲み会とかランチとか大変。

・伙食費平均為每個月2〜3萬日圓

※社會人士還得去喝酒聚會、吃午餐等等，
相當花錢。

・水道代は一ヶ月3,000円くらい。電気代は3,000〜8,000円くらい。
ガス代は3,000〜6,000円くらい。

・水費一個月約3,000日圓。電費約3,000〜8,000日圓。

瓦斯費約3,000〜6,000日圓。

家電別（一ヶ月の費用）　各家電耗電費用（一個月的費用）

電子レンジ	微波爐	110円
掃除機	吸塵器	120円
パソコン	電腦	300円
エアコン	空調	1,300円
洗濯機	洗衣機	800円

冷蔵庫	電冰箱	700円
照明	燈具	250円
テレビ	電視	180円
炊飯器	電飯鍋	180円
ドライヤー	吹風機	160円

家賃の交渉や挨拶って…
房租交涉與問候這檔事……

やっといい部屋を見つけたけど、管理費を含める
と予算がちょっとオーバーしちゃう。大家さんに
交渉したいけど、うまくできるかなぁ…。大家さ
んへの挨拶はなにか手土産を持っていったほうが
いいらしいけど、あまり高いものは逆にダメみた
い。500～1,000円くらいのお菓子を持って、早め
にご挨拶に行かなきゃいけないな。ずっとお世話
になるかもしれないし、いい人だといいな。

終於找到好的房子了，但含管理費的話有點超出預算。我想找

房東談談，不知道能不能順利談成呢……。拜訪房東的時候好

像帶個伴手禮比較好，但似乎不能買太貴的。帶上 500～1,000

日圓左右的點心，早點去問候一聲吧。之後可能會一直受他照

顧，是個好人的話就太好啦。

すみません、私、予算8万円なんです。

不好意思，我的預算是8萬日圓。

あのお部屋はすごく気に入ったんですが、管理費5,000円を含めるとちょっと…

那個，我很喜歡這間房，但加上管理費5,000日圓的話，可能有點……。

なるほど…そうですか…。

原來如此……這樣呀……。

わかりました。では、こちらから大家さんに交渉して、管理費5,000円分引いてもらいます。

我了解了。那麼，我這邊會和房東接洽，請他扣掉管理費5,000日圓。

わ～ありがとうございます！！

哇～感謝！！

初めまして。今度205号室に引っ越してきた小晴です。

初次見面，我是最近搬過來205號房的小晴。

よろしくお願いします。

請多指教。

まぁ～わざわざありがとう。

唉呀～謝謝妳還特地來一趟。

これ、少しですがどうぞ。

這個是我的一點心意，請笑納。

しっかりした子でよかったわ。よろしくね。

有這麼成熟穩重的房客，真是太好了。請多指教喔。

014

・管理費〇〇円を含めるとちょっと…
かん り ひ　　　えん　　ふく

加上管理費〇〇日圓的話，可能有點……。

・今度〇〇号室に引っ越してきた〇〇です。
こん ど　　　ごうしつ　　　ひ　こ

我是最近搬過來〇〇號房的〇〇。

・これ、少しですが、どうぞ。
すこ

這個是我的一點心意，請笑納。

単語を覚える！ 記住這些單字吧！
たん ご　　おぼ

015

・繁忙期 はんぼうき	・閑散期 かんさんき	・空室 くうしつ	・満室 まんしつ
旺季	淡季	空房	滿房
・手土産 てみやげ	・相場 そうば		
伴手禮	行情		

敷金・礼金って何なのか。 「押金」和「禮金」是什麼呢？

日本での引越しは初期費用がかかる…。地域にもよるけど、通常は家賃の5〜6ヶ月分もかかる！
その大きな部分を占めるのが、敷金と礼金の存在。
首都圏だと、「敷金2ヶ月・礼金1〜2ヶ月」が一般的…。

在日本搬家都要先付一筆初期費用……。這筆費用依地區不同會有差異，一般而言價錢是5〜6個月的房租。
而押金和禮金就佔了當中的一大部分。
若是首都圈，一般都是「押金2個月，禮金1〜2個月」……。

【礼金】 禮金

礼金っていうのは、昔からある慣習の1つで、部屋を貸してくれる大家さんにお礼の気持ちを込めて渡されていたもの。今でもその習慣が残っているらしい！

所謂的「禮金」是從前就有的習俗，這筆錢會交給租房子給我們的房東，以表達感謝之意。
據說現在還有這個習慣喔！

【敷金】 押金

敷金っていうのは、保証金のようなもの。もし家賃が払えなくなったら、このお金で保障する。お部屋を出るとき返ってくるお金！

「押金」是像保證金一樣的東西。假如發生付不出房租的情況，就會用這筆錢做保障。這筆錢在房客搬離屋子後就會歸還！

「敷金を2ヶ月分にして礼金は0にしてもらえませんか」と交渉してみると、はじめに支払う金額は同じでも、引っ越すときに戻ってくるお金が倍になる！

可試著和房東商量「能不能把押金調成2個月，而不收禮金呢」，這樣一來，雖然一開始付的金額是相同的，但搬走時退回來的錢卻會加倍喔！

23

<ruby>注<rt>ちゅう</rt></ruby><ruby>意<rt>い</rt></ruby>しなければいけないこと！ 這幾點非注意不可！

① <ruby>鍵<rt>かぎ</rt></ruby>の<ruby>交換<rt>こうかん</rt></ruby>は、<ruby>不動産屋<rt>ふどうさんや</rt></ruby>さん or <ruby>大家<rt>おおや</rt></ruby>さんが<ruby>払<rt>はら</rt></ruby>うもの！

換鑰匙的開銷是房仲業者 or 房東要負擔！

もし、<ruby>入居費用<rt>にゅうきょひよう</rt></ruby>の<ruby>中<rt>なか</rt></ruby>に「<ruby>鍵<rt>かぎ</rt></ruby>の<ruby>交換費用<rt>こうかんひよう</rt></ruby>」というものがあったら注意！これは<ruby>国土交通省<rt>こくどこうつうしょう</rt></ruby>のガイドラインで、はっきり<ruby>貸主<rt>かしぬし</rt></ruby>が<ruby>払<rt>はら</rt></ruby>うものと<ruby>決<rt>き</rt></ruby>まっているもの。

如果入住費用中有「鑰匙汰換費用」的話請小心！根據國土交通省的規範，這筆錢毫無疑問是租賃方必須負擔。

② ロフトはあんまり<ruby>使<rt>つか</rt></ruby>わないみたい…

似乎不太會用到閣樓……

「ロフト<ruby>付<rt>つ</rt></ruby>きの<ruby>部屋<rt>へや</rt></ruby>で<ruby>一人暮<rt>ひとりぐ</rt></ruby>らし」はお<ruby>洒落<rt>しゃれ</rt></ruby>だけど…<ruby>下記<rt>かき</rt></ruby>の<ruby>点<rt>てん</rt></ruby>がデメリット。

「一個人住在樓中樓的房屋」是很時髦……但有以下幾個缺點。

● <ruby>階段<rt>かいだん</rt></ruby>を<ruby>上<rt>あ</rt></ruby>がるのがめんどくさい。

爬樓梯很麻煩。

● <ruby>天井<rt>てんじょう</rt></ruby>が<ruby>低<rt>ひく</rt></ruby>いから、<ruby>動<rt>うご</rt></ruby>くのが<ruby>大変<rt>たいへん</rt></ruby>。

天花板很低，所以不方便活動。

● <ruby>夏<rt>なつ</rt></ruby>は<ruby>超暑<rt>ちょうあつ</rt></ruby>いし、<ruby>冬<rt>ふゆ</rt></ruby>は<ruby>超寒<rt>ちょうさむ</rt></ruby>い。

夏天超熱、冬天超冷。

● <ruby>冷暖房<rt>れいだんぼう</rt></ruby>の<ruby>効率<rt>こうりつ</rt></ruby>が<ruby>悪<rt>わる</rt></ruby>いので、<ruby>費用<rt>ひよう</rt></ruby>が<ruby>高<rt>たか</rt></ruby>くなる。

冷暖氣的送風效率很差，電費會變貴。

● それなのに<ruby>家賃<rt>やちん</rt></ruby>は<ruby>結構高<rt>けっこうたか</rt></ruby>め。

即使如此房租還是偏高。

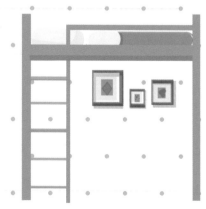

家賃の交渉は時期も重要！

談房租，時間也相當重要！

・1月〜3月

賃貸物件がたくさん出てくる時期！
皆急いで決めるから、スピードが
大事！

這個時期會出現許多租賃物件！因為大家都
會急著決定目標，所以這時期最重要的是速
度！

・4月〜6月

不動産屋さんも大家さんも4月中
に空室を埋めたいので、家賃交渉
可能！

房仲業者和房東都想在4月把空房租出去，
可趁這個機會談房租！

・7月〜8月

閑散期中なので、家賃交渉が一番
しやすい時期！チャンス！

由於這時期是淡季，所以房租最好談！好好
把握機會吧！

・9月〜10月

10月は会社の異動の時期！お部屋
が少しずつ多くなってくる。

10月是公司組織異動的時期！空屋會一點
點地變多。

・11月〜12月

1月からの繁忙期のために不動産屋が準備する時期。いいお部屋が増える。

房仲業者為了1月開始的旺季進行準備的時期。這時會多出許多好房。

手土産は必要？

伴手禮是必要的嗎？

500〜1,000円くらいが相場。
大家さんが近くに住んでいる場合
は、必ず挨拶した方がいい。
（近くに居ない場合は、特に気にし
なくてもいいらしい）

行情大約500〜1,000日圓。

房東就住在附近的話，最好去問候一聲。

（不住附近的話好像就不用特別理會）

女の子の一人暮らしは危険？

女生一個人住很危險？

女性の場合は、近所に挨拶をする
と「女の子が一人暮らし」という
ことを周りに知らせることになっ
てしまうので、あまり良くないら
しい。（今は男性でも近所への挨
拶はあまりしないらしい）

如果是女生，到鄰居家問候的行為等於將
「女孩子一個人住」的消息昭告周遭人士，
這樣似乎不太好。（現在就算是男生，好像
也幾乎不會去鄰居家拜訪問候）

25

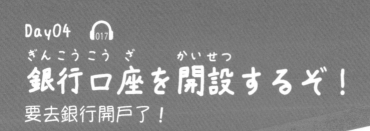

銀行口座を開設するぞ！
ぎんこうこうざ かいせつ

要去銀行開戶了！

これからバイトを始めるにしても…家賃の支払いにしても絶対銀行口座があったほうがいいよね。こういう正式な手続きするときって難しい単語を使わないといけないから緊張しちゃう…言われてることわかんなかったらどうしよう…事前に必要な書類とか、手続きとかを調べていった方が、安心だよね。よし、がんばるぞ。

接下來無論是開始打工還是付房租，好像要有個銀行的戶頭比較好呢。辦這種正式手續的時候一定得使用很難的單字，真是緊張……。萬一對方說的內容我沒有辦法理解該怎麼辦呢……。好，加油！

事前查好需要哪些文件和手續會比較放心吧。好，加油！

初銀行！
はつ ぎん こう

銀行初體驗！

018

うぅ…緊張する。
きんちょう

嗚……好緊張。

いらっしゃいませ。

歡迎光臨。

はい、口座開設は3,4番窓口になります。
こうざ かいせつ さん よんばんまどぐち

こちらの番号札でお待ちください。
ばんごうふだ ま

好的・開戶是3、4號窗口。
請按這個號碼牌排隊等候。

あの、口座を開設したいんですが…。
こうざ かいせつ

那個・我想要開戶……。

お待たせしました。ご本人様
ま ほんにんさま

の確認書類はございますか？
かくにんしょるい

久等了。您有攜帶身分證明文件
嗎？

はい。

有的。

1年の予定です。
いちねん よてい

預計1年。

短期滞在の場合は開設ができないのですが、
たんきたいざい ばあい かいせつ

どのくらいの期間、滞在のご予定ですか？
きかん たいざい よてい

短期停留的話是不能開戶的・您預計會待多久
呢？

インターネットバンキ

ングも開設しますか？
かいせつ

網路銀行也要申請嗎？

最初に口座へ小額のご
さいしょ こうざ しょうがく

入金をお願いします。
にゅうきん ねが

第一次使用前請先存小額
的錢進戶頭。

こちら通帳とカードになりま
つうちょう

す。本日からご利用可能ですよ。
ほんじつ りようかのう

這是您的存摺與卡片。今天開始就
能使用囉。

はい、お願いします。
ねが

要・麻煩了。

はい。

好的。

わーよかった！

哇一太棒了！

27

・口座を開設したいんですが…

我想要開戶……。

・本人確認書類はお持ちでしょうか。

您有攜帶身分證明文件嗎？

・短期滞在の場合は開設ができないのですが、 どのくらいの期間、滞在のご予定ですか？

短期停留的話是不能開戶的，您預計會待多久呢？

・【期間】滞在の予定です。

預計停留【期間】。

・インターネットバンキングも開設しますか？

網路銀行也要申請嗎？

・最初に口座へ小額のご入金をお願いします。

第一次使用前請先存小額的錢進戶頭。

・本日からご利用可能です。

今天開始就能使用。

- 本人確認書類
  （ほんにんかくにんしょるい）

  本人證明文件

- 現住所を証明できる
  もの
  （げんじゅうしょ しょうめい）

  可證明現居地的文件

- 外国人登録証明書
  （がいこくじんとうろくしょうめいしょ）

  外國人登錄證明書

- 在留カード
  （ざいりゅう）

  在留卡

- 領収書や請求書の原本
  （りょうしゅうしょ せいきゅうしょ げんぼん）

  收據與申請書的正本

- 印鑑
  （いんかん）

  印章

- 本人確認書類と、印鑑のご準備をお願い致します。
  （ほんにんかくにんしょるい いんかん じゅんび ねが いた）

  請準備身分證明文件與印章。

- ＡＴＭ
  （エーティーエム）

  ATM

- 出金
  （しゅっきん）

  提款

- 入金
  （にゅうきん）

  存款、款項入戶

- 振込み
  （ふりこ）

  匯款

- 引出
  （ひきだし）

  提領

- 手数料
  （てすうりょう）

  手續費

- キャッシュカード

  提款卡

- 預金通帳
  （よきんつうちょう）

  存摺

- ＡＴＭでの引出の際は、こちらのキャッシュカードをお使いくだ
  （エーティーエム ひきだし さい つか）
  さい。

  用ATM提領現金時，請使用這張提款卡。

- 預金
  （よきん）

  存款

- 残高
  （ざんだか）

  餘額

- 金利
  （きんり）

  利息

- 海外送金
  （かいがいそうきん）

  跨國匯款

- 預金金利が高いし、海外送金もできるし、この銀行にしよう。
  （よきんきんり たか かいがいそうきん ぎんこう）

  存款利息高、又可以跨國匯款，就選這家銀行吧。

豆知識メモ！！　　　　　豆知識隨手記！！

銀行口座があると何ができる？　有銀行戶頭的話可以做什麼呢？

【給料の受取り】給料の支払いが銀行振込みになる。

【振込み】日本の家賃は銀行口座が大半、同じ銀行だと手数料も無料or安い。

【ATM出金】コンビニATMは24時間使えて便利。でも、手数料がちょっと高い。

【領薪水】薪水的給付會透過銀行匯款。

【匯款】在日本匯房租時若是同一間銀行的戶頭，大部分可免手續費 or 手續費較便宜。

【ATM提款】超商ATM24小時都能使用，非常方便。但手續費有點高。

※これ以外にも、預金・通帳記帳などなど、いろいろできて便利！

※除此之外，還能存款、使用存摺等等，可以做很多事非常方便！

銀行口座に必要なものは何？　申辦銀行戶頭需要什麼呢？

・顔写真付き本人確認書類　附大頭照的身分證明文件

（在留カード、特別永住者証明書、パスポート、運転免許証など顔写真と現住所が記載されているもの）

（在留卡、特別永居者證明書、護照、駕照等有大頭照且有記載現居地的文件）

顔写真がない場合は光熱費などの公共料金の請求書・領収書などの現住所を証明できる物が必要。

如果沒有大頭照，則需要可證明現居地的文件，像是光熱費等公共費用的繳費單、繳費收據等。

・印鑑　印章

サインだけでも大丈夫な銀行もあるけど、事前に用意しておいた方がいいらしい。

有些銀行只需簽名，但事先準備似乎比較好。

・連絡可能な電話番号　可聯繫的電話號碼

携帯電話でもOKだから、まず準備しなければいけない。

手機號碼也OK，總之要先準備。

印鑑について勉強しよう！ 認識印章！

【印鑑の種類】印章的種類

・実印 … 住民登録をしている市区町村の役所に登録の申請をしたもの。

　登記印鑑 … 向住民登録的市區町村公所辦好印鑑登錄的印章。

・銀行印 … 印鑑登録をしていなくても、金融機関に登録した印鑑のこと。口座開設や、銀行窓口でお金を出し入れする際に必要になる。

　銀行印鑑 … 未向公所申請印鑑登錄，但有在金融機構進行登錄的印章。開戶或在銀行窗口存提款時會需要。

・認印 … 印鑑登録をしていない印鑑。100円ショップなどでも買える簡単なもの。保険の契約や銀行に提出する書類などはダメな場合もある。

　普通印章 … 未向公所申請登錄的印章。百元商店等地方就能買到的簡易品。有時無法用在某些保險合約或是要提交給銀行的文件。

【どうやって印鑑を作るのか】要怎麼製作印章呢？

外国人でも、印鑑を作れる！認印として使うだけなら、英字でもカタカナでも、OK。

街のあちこちにあるはんこ店でお願いすれば、すぐに作ることができる！でも、印鑑登録をする場合は、在留カード・特別永住者証明書等がなければだめ。

外國人也可以製作印章喔！單純用作個人印章的話，英文字母或是片假名都OK。

向路邊隨處可見的印章店提出需求，馬上就能製作！

但是要做印鑑登錄的話，就必須有在留卡或特別永居者證明書等文件。

日本でのお仕事！

在日本打工！

求人情報をチェック！
瀏覽徵才資訊！

そろそろ本気でバイトを探さないとやばい。でも、どんな仕事があるんだろう。できればおしゃれなカフェとかがいいな。同じくらいの歳の人がいたら楽しいだろうな♪友達になれるかな♪…でもその前に、この辺にどんなバイトがあるのか見てみなきゃ。あんまり遠いところは通うのが大変だし…駅の近くでどこかないかなぁ…どうやって求人情報を探せばいいんだろう…

該認真找打工，不然就糟了。但有什麼工作呢？可以的話希望在時髦的咖啡廳打工。有同年紀的人感覺比較開心呢♪我們應該可以成為好朋友吧♪……但在那之前，應該先找找這附近有哪些打工的職缺。太遠的話通勤很累的……不知道車站附近有沒有哪裡可以打工呢……徵才資訊要怎麼找才好呢……

アルバイト探し！

找打工！

そろそろバイト探さなきゃなぁ…

該來找打工了……

でも日本でバイト探しってどうすればいいんだろ。

但是在日本要怎麼找打工呢？

あっ求人サイトがいっぱいあるのね！

啊，現在有很多徵才網站嘛！

バイト先は駅近がいいなぁ…遠いと交通費がかかるし…

打工的地方在車站附近比較好呢……太遠的話會花不少交通費……

エリア検索			
☐ 渋谷	☐ 新宿	☑ 原宿	☐ 目黒
時間帯			
☐ 早朝	☐ 午前	☐ 午後	

よし、ここに電話してみよう！

好，打電話給這裡看看！

ドキドキ…

はい、カフェ１９８５です。

你好，這裡是 1985 咖啡廳。

もっもしもし、求人サイトをみてお電話したんですが……

喂……喂您好，我是看了徵才網站打電話來的……

アルバイトに応募させていただきたいんですが…

我想應徵打工……

はい、わかりました！

好的，了解！

わかりました、面接を致しますので、明日 12 時に当店までお越しください。

了解，我們會進行面試，請您明天12點前來本店。

あ、履歴書持参で！私、店長の高橋です。

啊，記得帶履歷表！我是店長高橋。

なになに？

什麼什麼？

はい！私は林です。よろしくお願いします。

好的！我姓林。請多指教。

🎧024

・給与は時給（日給）〇〇円から。

薪水是時薪（日薪）〇〇日圓起。

・短期でも可能、週1からシフト相談可能。

也接受短期打工，每週至少上班一天，可協商排班。

・バイト先は駅近がいいな。

打工的地方在車站附近比較好呢。

・賄いとかの待遇ってどうなってるんだろう。

員工餐等等的待遇不知道如何呢。

・年齢不問、未経験OK、短期OKかぁ…

不限年齡、無經驗OK、短期OK呀……

・もしもし、求人サイトを見てお電話したんですが…

喂，您好，我是看了徵才網站打電話來的……

・アルバイトに応募させていただきたいんですが…

我想應徵打工……

・履歴書を持参してください。

請攜帶履歴表。

・私は〇〇です。どうぞよろしくお願いします。

我是〇〇。請多指教。

025

・**求人サイト** ・**フリーペーパー** ・**未経験**
きゅうじん み けいけん

徴才網站 免費刊物 無經驗

・**給与** ・**時給** ・**日給** ・**月給** ・**日／週／月払い**
きゅうよ じきゅう にっきゅう げっきゅう ひ しゅう つきばら

薪水 時薪 日薪 月薪 天／週／月付

・このバイトは未経験でも OK で、しかも給与は週払いだ！
み けいけん オーケー きゅうよ しゅうばら

這個打工無經驗也 OK，而且薪水是每週支付！

・**履歴書** ・**資格** ・**日雇い** ・**短期** ・**長期**
りれきしょ しかく ひやと たんき ちょうき

履歴表 檢定 零工 短期 長期

・**勤務時間** ・**シフト（応相談）** ・**深夜勤務** ・**早朝勤務**
きんむじかん おうそうだん しんやきんむ そうちょうきんむ

上班時間 排班（可協商） 大夜班 早班

・**勤務地** ・**交通費支給** ・**制服貸与**
きんむち こうつうひしきゅう せいふくたいよ

上班地點 交通費補助 制服出借

・**待遇** ・**賄い付き** ・**応募方法**
たいぐう まかな つ おうぼほうほう

待遇 附員工餐 應徵方式

・できれば賄い付きのほうがいいなぁ…。
まかな つ

可以的話有附員工餐的比較好呢……。

・応募方法は…まず電話で問い合わせって書いてある。
おうぼほうほう でんわ と あ か

應徵方式……上面寫先打電話洽詢。

026

いろんな応募の仕方がある！

應徵方式千百種！

【WEB応募】網路應徵

メリット①　日本語を話すのが苦手でも応募できる！

メリット②　いつでもどこでも応募できる！

デメリット　少し時間がかかるので、すぐにバイトしたい人はやめたほうがいいかも…？

優點①　不擅長説日文也能應徵！

優點②　隨時隨地都能應徵！

缺點　有點花時間，想馬上工作的人可能別透過這方式比較好……？

【電話応募】電話應徵

メリット　すぐに面接できるし、すぐにバイトが決まる！
（合格すれば…）

デメリット①　時間や場所が決められている。

デメリット②　電話しながら大事なことをメモしなければいけない！

デメリット③　言いたいことを決めておかなければいけない！

優點　馬上就能面試，馬上就能決定工作！（有合格的話……）

缺點①　時間和地點被固定。

缺點②　打電話的同時一定要抄筆記！

缺點③　想説的事情要事先決定好！

38

求人情報の用語は難しい…

徵才資訊的用語好難……

★軽作業　輕度勞動

全部が楽な作業じゃない。重労働の方が多い。体力がない人は不向き。

並非所有工作都很輕鬆。重度勞動的工作很多，不適合沒體力的人。

例：倉庫や工場での仕分けや検品、梱包、ピッキング（伝票で指定された品物を指定された数だけ倉庫内から選び出してくる仕事）

例如：倉庫或工廠的分貨、驗貨、包裝、撿貨（根據訂單從倉庫內挑出指定數量的指定商品）等等。

★Ｗワーク　兼差

仕事の掛けもち（副業）をすること

做兼差（副業）

★フリーター　飛特族

フリーランス・アルバイター（またはフリーアルバイター）の和製英語。15〜34歳までの学校に行かないでアルバイト・派遣社員などで働いてる人のこと。

「フリーランス」（自由業）和「アルバイター」（打工族）結合起來的和製英語。指15〜34歲未就學而去打工或以派遣身分工作的人。

★サンプリング　發放宣傳品

企業の新商品や注目商品、ＰＲ商品などのサンプル品を無料で配る仕事。

街中でよく見かけるティッシュ配りなど。

免費發放企業新商品、重點商品、宣傳商品樣品的工作。

像是街上常常看到的發面紙等等。

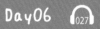

いよいよバイトの面接の日…
終於到了打工面試這天……

求人サイトやフリーペーパーをたくさん見て、やっとバイト先を決めた。でもこれから面接がある…こわい…緊張してるけど、ちゃんと敬語話せるかなあ。どんなこと聞かれるんだろう。履歴書持参って言われたけど、書き方も不安…でも、この試練を乗り越えたら、きっと楽しいこといっぱいあるはず！がんばろう！

看了許多徵才網站和免費刊物，終於決定好打工的地方了。但接下來還有面試……好可怕……我很緊張，不知道能不能把敬語說好呢？會被問什麼樣的問題呢？對方叫我帶履歷表，但我很擔心寫法……不過，通過這個考驗的話，一定會有很多開心的事吧！加油！

初めまして、アルバイトに応募した林と申します。
(はじ／おうぼ／りん／もう)

初次見面，我是來應徵打工的，我姓林。

こんにちは！店長から聞いてます。奥にどうぞ！
(てんちょう／き／おく)

妳好！我有聽店長説。裡面請！

はい、ありがとうございます！

好，謝謝！

こんにちは！店長の高橋です。
(てんちょう／たかはし)

妳好！我是店長高橋。

林さんは飲食店の経験はありますか？
(りん／いんしょくてん／けいけん)

林小姐有在餐飲店工作的經驗嗎？

はい、国でウェイトレスを1年経験しました。
(くに／いちねんけいけん)

有的，我在我的國家當過1年服務生。

当店はシフト制ですが、どのくらい入れますか？
(とうてん／はい)

本店是排班制，妳大概可以排多少班呢？

ワーキングホリデーで日本に来ているので、できるだけ多く働きたいです。
(にほん／き／おお／はたら)

我是來日本打工度假的，希望盡量多排一些班。

わかりました！

我了解了！

後ほど結果、ご連絡しますね！
(のち／けっか／れんらく)

之後會再通知妳結果！

はい、ありがとうございました！

好的，謝謝您！

41

029

・初めまして、アルバイトに応募した○○と申します。

初次見面，我是來應徵打工的○○。

・○○の経験はありますか？

您有○○的經驗嗎？

・以前は○○というところで、【業務】を【期間】経験しました。

我以前在一間叫做○○的地方工作，有【期間】的【工作內容】經驗。

・当店はシフト制ですが、どのくらい入れますか？

本店是排班制，您大概可以排多少時間進班表呢？

・ワーキングホリデーで日本に来ているので、週に○回働くことができます。

我是來日本打工度假的，一週可上○天班。

・勤務時間は午前中は日本語学校に通っているため、可能であれば○時以降を希望します。

上班時間的話，因為我上午要上日語學校，可以的話希望○點以後。

単語を覚える！
たんご　おぼ

🎧 030

・面接　・志望（動機）　・経験　・長所　・短所
めんせつ　　しぼう　どうき　　けいけん　　ちょうしょ　　たんしょ

面試　　　志願（動機）　　　經驗　　　優點　　　缺點

・勤務開始時期　　　　・通勤時間　　　　・試用期間
きんむかいしじき　　　　つうきんじかん　　しようきかん

開始上班時間　　　　通勤時間　　　　試用期間

・面接では、志望動機や長所短所を聞かれるらしい…
めんせつ　　しぼうどうき　　ちょうしょたんしょ　き

面試時好像會被問到應徵動機和優缺點……

■販売 銷售
はんばい

コンビニスタッフ、アパレル販売、レジ・包装、携帯ショップ・家電販売、フード販売
はんばい　　ほうそう　けいたい　　かでんはんばい　　はんばい

超商店員、販售成衣、結帳・包裝、手機店・家電販售、食品販售

■サービス 服務

ガソリンスタンド、キャンペーン・ＰＲ、警備、店舗スタッフ、ホテル・トラベル
ピーアール　けいび　てんぽ

加油站、活動・宣傳人員、警衛、店面員工、飯店・旅遊

■フード 餐飲

レストラン、厨房・キッチン、バーテンダー、居酒屋店員、カフェスタッフ、
ちゅうぼう　　いざかやてんいん

デリバリー、ファストフード

餐廳、中・西式餐廳廚房、酒保、居酒屋店員、咖啡廳店員
物流、速食

■アミューズメント 休閒娛樂

カラオケ・漫画喫茶、ゲーム・パチンコ、施設スタッフ
まんがきっさ　　しせつ

卡啦 OK・漫咖、遊戲・小鋼珠、設施員工

■軽作業・ラインスタッフ 軽度勞動、產線作業員
けいさぎょう

仕分け・梱包・商品管理、清掃、イベント設営・運搬、フォークリフト
しわ　こんぽう　しょうひんかんり　せいそう　せつえい　うんぱん

分類・包装・商品管理、打掃、活動會場佈置・搬運、堆高機

■講師・インストラクター 講師、教練
こうし

塾講師、家庭教師、インストラクター 補習班講師、家庭教師、教練
じゅくこうし　かていきょうし

■オフィスワーク 辦公室事務

受付・秘書、事務・アシスタント、コールセンター、データ入力
うけつけ　ひしょ　じむ　　　　　　　　　　　　　　　　　　にゅうりょく

接待・祕書、行政・助理、客服中心、資料輸入

■クリエイティブ 創意

WEB デザイナー、編集・TV 番組制作、デザイナー、マスコミ
ウェブ　　　　　　へんしゅう　テレビ ばんぐみせいさく

網頁設計師、編輯・電視節目製作、設計師、媒體

■エンジニア・プログラマー 工程師、程式設計師

エンジニア、プログラマー、サポート 工程師、程式設計師、支援

■配送・物流 貨運、物流
はいそう　ぶつりゅう

配送・郵便・運転手、引越スタッフ、新聞配達
はいそう　ゆうびん　うんてんしゅ　ひっこし　　　　　しんぶんはいたつ

貨運・郵寄・司機、搬家工作人員、派報

■理容・美容 理容・美容
りょう　びょう

エステ・マッサージ、理容・美容、受付、ネイル・アイデザイナー
　　　　　　　　　　りょう　びょう　うけつけ

美容院・按摩、理容・美容、接待、指甲・眼部彩妝師

■パワフルワーク 勞力活

建築・土木 建築・土木
けんちく　どぼく

豆知識メモ！！
まめ ち しき

履歴書の書き方を見てみよう！
りれきしょ か かた み

來看看履歷表的寫法吧！

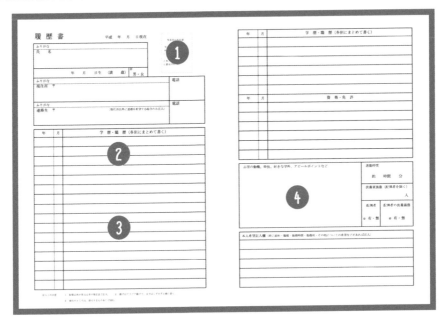

① 写真　照片
しゃしん

服装はフォーマルで、なるべくスーツ！髪型は清潔なイメージ。
ふくそう　　　　　　　　　　　　　　　　　　かみがた　せいけつ

服裝要正式、盡可能穿正裝！髮型要給人乾淨的印象。

② 学歴　學歷
がくれき

中学卒業、高等学校入学、高等学校卒業、大学入学、卒業見込みの順番で
ちゅうがくそつぎょう　こうとうがっこうにゅうがく　こうとうがっこうそつぎょう　だいがくにゅうがく　そつぎょうみこ　じゅんばん
書く。学校名は省略しないで書く。
か　がっこうめい　しょうりゃく　か

按照國中畢業、高中入學、高中畢業、大學入學、預計畢業日的順序填寫。填寫時不省略校名。

③ 職歴 工作經歷

職歴の一行目には「職歴」と記入。入社した会社を全て記入する。

工作經歷的第一行標上「工作經歷」。寫上所有待過的公司。

部署名や職種、職位も。インターンをした場合は、どこの会社でどんな業務をしたか記入する。

部門名稱、行業別、職位也要填寫。曾在企業實習的話，要寫上在哪間公司負責了哪些業務。

④ アピールポイント 自我推薦重點

・日本語学習の動機について書こう！

寫下你學日語的動機吧！

日本語学習を始めたキッカケ、具体的な理由や学習成果も書くといいかも。

寫下學日語的契機、具體理由或學習成果或許不錯喔。

・自己PR 自我介紹

「責任感がある」、「まじめです」などの抽象的なPRはやめたほうがいい。

別使用「有責任感」、「認真」等抽象的介紹詞比較好。

自分が何かできるか、それを証明できる具体的なエピソードを書く！

寫出自己會什麼、以及能證明該項能力的具體事蹟！

面接のとき気をつけること！ 面試時要注意這些事！

★身だしなみ 服裝儀容

職種にもよるけど、アルバイトの場合はほとんど、スーツの必要がないよ。

シャツなどのきれいめの服で OK！

依行業有所不同，應徵工讀生的話是不需要穿正式套裝的喔。

襯衫等整潔點的衣服就 OK 了！

★時間厳守 遵守時間

理想は5分前に到着しておく！

提早5分鐘到比較理想！

★言葉遣い 用字遣詞

敬語をしっかり！タメロは厳禁！

好好地使用敬語！嚴禁使用非正式語彙！

★聞かれること 會被問到的問題

・志望動機 應徵動機

・働ける時間帯 可上班的時段

・バイト経験 打工經驗

・勤務開始日 開始工作日

・何か質問はありますか。 有沒有什麼問題？

合格の連絡！

ごうかく れんらく

錄取通知！

最初に面接を受けたカフェ1985のあと、いくつか
違う飲食店も面接を受けてみたけど…二つ目のレ
ストランからは不合格の連絡…。もう少し経験が
ないとダメだったみたい。厳しいなぁ…。だけど
昨日、カフェ1985から合格の電話をもらった！超
うれしい！早速今週の金曜日からバイトが始まる
みたい！いろいろ慣れないこともあるかもしれない
けど、早く覚えられるようにがんばろう♪

一開始去 1985 咖啡廳面試後，我又去了幾間不同的餐飲店面

試……，但從第 2 間餐廳開始都是收到未錄取的通知……。沒

有多點經驗的話好像不行，真嚴格啊……。不過，我昨天接到

1985 咖啡廳的錄取電話了！超開心！好像這禮拜五就能開始打

工！雖然會有很多不熟悉的事，但我會好好加油快點學會的♪

合格・不合格
ごうかく・ふごうかく

錄取、未錄取

033

あ、この間面接受けたレストランからメールが来てる……。
あいだめんせつう／き

啊，前陣子面試的餐廳寄電子郵件來了……。

今回は慎重に選考を重ねました結果、遺憾ながら採用を見送らせて頂くことになりました。
こんかい／しんちょう／せんこう／かさ／けっか／いかん／さいよう／みおく／いただ

本次經慎重篩選的結果，很遺憾未錄取您。

残念…でも仕方ない。カフェ1985はどうだったかなぁ…。
ざんねん／しかた

可惜……但這也是沒辦法的事。1985咖啡廳不知道如何呢……。

もしもし。

喂～您好。

あ、カフェ1985の高橋です。林さんの携帯ですか？
たかはし／りん／けいたい

啊，我是1985咖啡廳的高橋。這是林小姐的手機嗎？

はい、そうです！

對，是的！

連絡遅れてすみません。面接の結果、ぜひうちで働いていただきたいと思って。
れんらくおく／めんせつ／けっか／はたら／おも

抱歉聯絡晚了。有關面試結果，我們想邀請您來工作。

ありがとうございます！

謝謝！

で、今週の金曜日の10時にまずお店で来てもらえますか？
こんしゅう／きんようび／じゅうじ／みせ／き

那，這禮拜五的10點方便先來店裡嗎？

はい！何か持参するものはありますか？
なに／じさん

好的！需要帶什麼東西嗎？

給料は銀行振込になるので、通帳と印鑑と身分証を持ってきてください。
きゅうりょう／ぎんこうふりこみ／つうちょう／いんかん／みぶんしょう／も

因為薪水會透過銀行匯款，請帶存摺、印章和身分證過來。

はい！よろしくお願いします！
ねが

好的！請多指教！

・〇月〇日に面接を受けさせて頂いた〇〇と申します。いつ頃合否のご連絡を頂けますでしょうか。

我是〇月〇日前去面試的〇〇，請問大概何時會通知是否錄取呢？

・面接の合否はメール・電話・郵便でご連絡します。

面試通過與否會透過電子郵件、電話、信件通知您。

・面接の結果、ぜひうちで働いていただきたいと思って。

面試後的結果，我們想請您到本公司工作。

・他で応募していたアルバイト先で採用が決まってしまいまして、そちらにチャレンジしたいと思います。

其他應徵工作已經確定錄用我了，我想挑戰那邊的工作。

・ありがとうございます。よろしくお願いします。

謝謝您，請多指教。

・何か持参するものはありますか？

需要帶什麼東西嗎？

・給料は銀行振込になるので、通帳と印鑑と身分証を持ってきてください。

因為薪水會透過銀行匯款，請帶存摺、印章和身分證過來。

さいよう ・採用	ふ さいよう ・不採用	つう ち ・通知	しょうだく ・承諾	じ たい ・辞退	ほ りゅう ・保留
錄用	不錄用	通知	答應	辭退	保留

ごう ひ ・合否	ごう ひ つう ち ・合否通知	さいようたんとうしゃ ・採用担当者	めんせつけっ か ・面接結果
合格與否	合格與否的通知	聘僱負責人	面試結果

せんこうじょうきょう ・選考状況	おう ぼ ・応募	しゅっきん び しょにち ・出勤日初日	じ さんぶつ ・持参物
甄選狀況	應徵	上班第一天	攜帶物品

ふりこみさきこう ざ ・振込先口座	しゅっしゃ じ かん ・出社時間
款項匯入戶	上班時間

せんしゅう う　　　　　　　さき　　　ふ ごうかく
・先週受けたバイト先は、不合格だった…

上禮拜去面試的打工處，沒有錄取……。

さいようたんとうしゃ　　　　　ごう ひ つう ち　　き
・採用担当者から、合否通知が来た。

聘僱負責人通知了錄取結果。

豆知識メモ！！ 豆知識隨手記！！

036

一般的な採用の連絡期間は！？ 一般的錄取通知期間有多長！？

【基本的には 1 週間以内】 【基本上是 1 週內】

面接当日に連絡が来る場合もあるけど、一般的には 5 日後くらいらしい。

7 日以上連絡がないと、たぶん不合格…

もし、結果が気になるときにはバイト先に電話して確認する。

「お疲れ様です。先日アルバイトの面接をして頂いた〇〇と申します。

すみません、合否の結果について確認したいと思い、電話させて頂いたの

ですが…？」

也有面試當天就收到通知的例子，但一般而言大多在 5 天後。

7 天以上沒收到通知，多半是未錄取……。

如果很想知道面試結果，就打電話向店家確認。

「你好。我是前幾天去應徵打工的〇〇。

不好意思，我想確認一下面試結果，所以致電給您……」

受諾するときの対応方法は？ 答應錄取時應該怎麼說？

嬉しくても、「やったー！」とか言っちゃいけない。

「ありがとうございます。頑張りますので、よろしくお願い致します」と

言う事。

※バイト面接を受けた企業から着信があったら、電波状況が良く、騒音の少ない場所に

移動すること！

即使高興也不能脫口而出「太好了！」。

記得說「謝謝您。我會加油的，請多多指教」。

※ 接到打工面試的店家打來的電話時，記得移動到收訊良好，噪音較少的地方！

★電話での確認事項 電話中的確認事項

・初日の持ち物。 第一天要攜帶的東西。

・これからの手続きに必要なもの。 接下來辦理手續會用到的東西。

・初めて出社する日の出社時間や入り口。 上班第一天的上班時間與出入口。

・誰宛に行けばいいのか。 到達的時候找誰才好。

・バイト入社までに不明点が出てきた時に確認する担当者の部署と名前、連絡先。

負責人的部門、姓名與聯絡方式，正式進公司打工前若有不清楚的地方可向他確認。

※給与の振込口座の申請や個人情報保護や機密事項保持に関する書類への捺印、身分証のコピーの提出など、必要となるものがたくさんある。会社によっても必要書類は異なってくるので、きちんとメモ！

※用於薪資匯款帳戶申請、個人資料保護、保密事項等相關文件的用印、提交身分證影本等，需要的東西非常多。每間公司需要的文件都不一樣，要好好地做筆記！

バイト初日！
打工第一天！

面接の結果をもらって、いよいよバイト初日！覚えることたくさんあるだろうなあ。最初の挨拶はなんて言えばいいんだろう。周りの人と仲良くなれるといいな。前に国でウェイトレスの経験はあるけど、日本とはやり方がちがうんだろうな。優しい先輩がいるといいなあ。

收到面試結果後，終於來到打工的第一天！要學的東西還真多呢。一開始打招呼該怎麼説才好呢？希望可以和身邊的人好好相處。之前在我的國家有當過服務生的經驗，但日本的做事方法應該不一樣吧？有個和善的前輩的話就太好了。

初めまして、今日からお世話になるアルバイトの林と申します。

初次見面，我是今天開始要受大家照顧的兼職人員，我姓林。

あ、林さん？初めまして、オレ、あさひです。よろしく。

啊，林小姐？初次見面，我是朝陽。請多指教。

あ、新人の子？さくらです。よろしくね！

啊，新人？我是咲良，請多指教！

オレたちが林さんの指導することになってます。すぐ慣れるよ。がんばろうね。

之後會由我們來教林小姐。馬上就會上手的，加油吧。

どうも、いつきです。

你好，我是樹。

はい！

好的！

バイト先に着いたら、まずタイムカードを押してください。

到了打工地點後，請先打卡。

あと、制服は二着貸し出すので、自分で洗濯してくださ〜い。

然後，會借妳兩套制服，要自己洗喔。

はい！

好的！

・初めまして、今日からお世話になるアルバイトの〇〇と申します。

初次見面，我是今天開始會受大家照顧的兼職人員，我叫〇〇。

・バイト先に着いたら、まずタイムカードを押してください。

到了打工地點後，請先打卡。

・制服は二着貸し出すので、自分で洗濯してください。

會借妳兩套制服，要自己洗喔。

・トイレ掃除は当番制なので、当番表を確認してください。

廁所打掃採輪班制，記得確認輪班表。

・シフトの希望は毎月15日までに出すことになってます。

排班需求規定每個月的15號前提交。

・お客様が来たら、大きい声で挨拶するようにしてください。

有客人來的話，記得要大聲問候。

- タイムカード ・シフト ・制服貸し出し ・当番制
  考勤卡　　　　　排班　　　　出借制服　　　　輪班制

- ホール ・キッチン ・ウェイター ・ウェイトレス
  大廳　　　　廚房　　　　服務生 (男)　　　服務生 (女)

- 指導係 ・新人 ・更衣室 ・ロッカー ・身だしなみ
  教育訓練員　　新人　　更衣室　　置物櫃　　服裝儀容

- 退勤 ・出勤 ・遅刻厳禁
  下班　　　　上班　　　　嚴禁遲到

・ホールでの業務は、身だしなみをきちんと整えてください。

在大廳工作的請好好地整理服裝儀容。

・指導係の〇〇です。わからないことがあったら、何でも聞いて
ください。

我是負責帶你的〇〇。有任何不懂的地方都可以詢問。

・着替えはこちらの更衣室でしてください。個人用のロッカーが
あります。

請在這間更衣室換衣服。有個人用的置物櫃。

・キッチンでの仕事の時には、髪の毛が入らないようにこの帽子
をかぶって、マスクをつけます。

進行廚房工作時會戴帽子和口罩，避免頭髮掉進餐點中。

バイト先でのマナー！ 打工場所的禮儀！

① 到着時間 到店時間

10分前出勤が理想！早すぎてもダメだし、ギリギリでも着替えなどもしなければいけないから、余裕を持って出勤すること。

10分鐘前到最理想！太早去不行，勉強趕上的話還得換衣服，所以去上班時記得留點緩衝時間。

② 服装 服裝

バイトの規定があれば、それに従う。アクセサリー、髪型などバイト先によって規定が違うけど、極力落ち着いてる方が好印象！

打工處若有規範就要遵守。打工場所不同，飾品、髮型等規範也不同，盡力維持穩重較能帶給人好印象。

③ 挨拶 問候

バイト先に着いたら、最初に会った人にまず挨拶！退社の時にも、みんなにきちんと挨拶をしてから帰ること！

抵達打工場所後，記得對最先遇到的人打招呼！下班時也是，要好好問候大家再回去！

遅刻<ruby>遅刻<rt>ちこく</rt></ruby>するとき　遲到的時候

- <ruby>遅刻<rt>ちこく</rt></ruby>や<ruby>休<rt>やす</rt></ruby>む<ruby>理由<rt>りゆう</rt></ruby>は、<ruby>基本<rt>きほん</rt></ruby>は<ruby>正直<rt>しょうじき</rt></ruby>に<ruby>言<rt>い</rt></ruby>う。

  遲到或請假的理由基本上要誠實告知。

- <ruby>電車<rt>でんしゃ</rt></ruby>を<ruby>一本<rt>いっぽん</rt></ruby><ruby>見送<rt>みおく</rt></ruby>っても<ruby>電話<rt>でんわ</rt></ruby>で<ruby>連絡<rt>れんらく</rt></ruby>が<ruby>第一<rt>だいいち</rt></ruby>！

  即使會錯過一班電車，也要先打電話聯絡！

  （因日本電車上不能講電話）

- <ruby>必<rt>かなら</rt></ruby>ず<ruby>電話<rt>でんわ</rt></ruby>で<ruby>連絡<rt>れんらく</rt></ruby>をする。メールや LINE<ruby>LINE<rt>ライン</rt></ruby>は<ruby>基本<rt>きほん</rt></ruby>NG<ruby>NG<rt>エヌジー</rt></ruby>！

  一定要打電話聯絡，電子郵件或 LINE 基本上都 NG。

- <ruby>一緒<rt>いっしょ</rt></ruby>に<ruby>働<rt>はたら</rt></ruby>く<ruby>仕事<rt>しごと</rt></ruby>の<ruby>上司<rt>じょうし</rt></ruby>に<ruby>必<rt>かなら</rt></ruby>ず<ruby>連絡<rt>れんらく</rt></ruby>する。

  一定要聯絡一起工作的上司。

【？】<ruby>台風<rt>たいふう</rt></ruby>などの<ruby>悪天候<rt>あくてんこう</rt></ruby>の<ruby>日<rt>ひ</rt></ruby>…<ruby>行<rt>い</rt></ruby>くべき？ <ruby>休<rt>やす</rt></ruby>んでもいいの？

【？】颱風等天氣惡劣的日子……該去上班嗎？可以請假嗎？

<ruby>出勤<rt>しゅっきん</rt></ruby>するかしないかはお<ruby>店<rt>みせ</rt></ruby>が<ruby>決<rt>き</rt></ruby>めること。<ruby>自分<rt>じぶん</rt></ruby>で<ruby>勝手<rt>かって</rt></ruby>に<ruby>判断<rt>はんだん</rt></ruby>しないことが<ruby>大切<rt>たいせつ</rt></ruby>！

<ruby>連絡<rt>れんらく</rt></ruby>を<ruby>入<rt>い</rt></ruby>れた<ruby>場合<rt>ばあい</rt></ruby>でも『<ruby>台風<rt>たいふう</rt></ruby>なので<ruby>休<rt>やす</rt></ruby>みます』と<ruby>一方的<rt>いっぽうてき</rt></ruby>に<ruby>伝<rt>つた</rt></ruby>えるのはマナー<ruby>違反<rt>いはん</rt></ruby>！

<ruby>店長<rt>てんちょう</rt></ruby>や<ruby>社員<rt>しゃいん</rt></ruby>など、<ruby>責任者<rt>せきにんしゃ</rt></ruby>から<ruby>指示<rt>しじ</rt></ruby>をもらうこと。

<ruby>外出<rt>がいしゅつ</rt></ruby>できないほどの<ruby>悪天候<rt>あくてんこう</rt></ruby>なのに、アルバイト<ruby>先<rt>さき</rt></ruby>から<ruby>出勤<rt>しゅっきん</rt></ruby>の<ruby>要請<rt>ようせい</rt></ruby>があった<ruby>場合<rt>ばあい</rt></ruby>は<ruby>自分<rt>じぶん</rt></ruby>の<ruby>交通手段<rt>こうつうしゅだん</rt></ruby>や<ruby>交通状況<rt>こうつうじょうきょう</rt></ruby>などをきちんと<ruby>伝<rt>つた</rt></ruby>えること。

<ruby>出勤<rt>しゅっきん</rt></ruby>できたとしても、<ruby>台風情報<rt>たいふうじょうほう</rt></ruby>や<ruby>交通情報<rt>こうつうじょうほう</rt></ruby>を<ruby>随時<rt>ずいじ</rt></ruby>チェックしたり、タクシーで<ruby>帰宅<rt>きたく</rt></ruby>する<ruby>場合<rt>ばあい</rt></ruby>の<ruby>運賃<rt>うんちん</rt></ruby>などを<ruby>見<rt>み</rt></ruby>ておくと<ruby>安心<rt>あんしん</rt></ruby>！

是否出勤由店家決定。切勿擅自判斷！

單方面的告知「因為颱風所以要請假」是違反規矩的！

記得請店長或同事等負責人給予指示。

天氣惡劣到無法外出，打工場所又要求出勤時，記得好好說明自己的交通方式與交通狀況。

即使出門上班了，也要隨時注意颱風與交通資訊，事先確認好搭計程車回家時的車資會更安心喔！

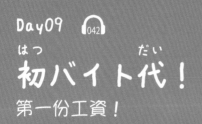

初バイト代！

第一份工資！

明日はいよいよ給料日♪毎日かなりシフトに入っ
たから、結構いい金額になる予定…
とりあえず、お父さんとお母さんに親孝行したい
なぁ。なにか日本のおいしいもの送ってあげよう
かな♪明日の銀行口座を確認するのが楽しみ～！
でも、いろいろ税金が引かれるんだっけ…難しい
からよくわかんないんだよね。

明天就是發薪日了♪每天都排了不少班，預計會是筆相當漂亮

的金額……。

總之，真想先用來孝順爸媽呢。寄個什麼日本的好吃東西給他

們好了♪期待明天確認銀行戶頭～！但是，我記得好像會被扣

各種稅……太複雜了完全搞不懂呢。

給料の使い道

きゅうりょう　つか　みち

薪資的用途

043

小晴～明日給料日だよ！うちの店は
10日が締め日で給料日は 15 日♪

こ はる　あした きゅうりょうび　　　　　　みせ
とおか　し　び　きゅうりょうび　じゅうごにち

小晴～明天就是發薪日囉！我們店薪資結算
日是 10 號，發薪日是 15 號♪

おつかれ～
辛苦了～

あ、おつかれ～
啊、辛苦了～

明日でしょ？楽しみだな～♪自
分にご褒美買おうかなぁ♪

あした　　　　　たの　　　　　　　じ
ぶん　　 ほうび か

明天對吧？真期待呢～♪買個東西
犒賞自己吧！

小晴たくさんシフトに入ったもんね。税金
引かれるけど結構もらえるでしょ。

こ はる　　　　　　　　　　　　はい　　　　　　　ぜいきん
ひ　　　　　　　　　 けっこう

小晴排了很多班呢。雖然會扣稅，但應該可以
領不少吧。

僕、給料の内訳見てもよくわかんないんすよ。

ぼく きゅうりょう　うちわけ み

我啊，薪資明細看也看不懂呢。

お疲れ様で～す
您辛苦了～

何が天引きされてるのか、よ
くわかんないんですよね。

なに　てん び

被扣了什麼還真不曉得呢。

確定申告もあるし、ちゃんと税金は勉強しとけよ。

かくていしんこく　　　　　　　　　　ぜいきん べんきょう

這要申報所得稅的，你也好好了解一下稅金嘛。

でもうちのお店はバイトでも福利厚
生がしっかりしてて、助かります。

みせ　　　　 ふくりこう
せい　　　　　　　　　　　　 たす

但我們店就算是打工，勞工福利也很
健全，真是幫了大忙。

それにしても楽しみ～。何買おうか
な。親にプレゼントしようかな。

たの　　　　なにか
おや

就算這樣我還是很期待～。買什麼好
呢。送個禮物給父母好了。

えらいな！
了不起！

確かに。保険とか年金とか自分でやるの、めんどくさいしね。

たし　　　ほけん　　　ねんきん　　じぶん

確實是這樣。保險、年金等等要自己弄的話，還真是麻煩呢。

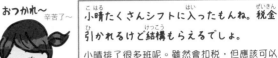

61

- うちの店は〇日が締め日で給料日は〇日だよ。

  我們店的薪資結算日是〇號，發薪日是〇號喔。

- 自分にご褒美買おうかなぁ。

  買個東西犒賞自己吧。

- 税金引かれるけど結構もらえるでしょ。

  雖然會扣税，但應該可以領不少吧。

- 給料の内訳見てもよくわかんないんだよなぁ。

  薪資明細看也看不懂呢。

- 確定申告もあるし、ちゃんと税金は勉強しとけよ。

  這要申報所得税的，你也好好了解一下税金嘛。

- 何が天引きされてるのか、よくわかんないんですよね。

  被扣了什麼還真不曉得呢。

- バイトでも福利厚生がしっかりしてて、助かります。

  就算是打工，勞工福利也很健全，真是幫了大忙。

- 保険とか年金とか自分でやるの、めんどくさいしね。

  保險、年金等等要自己弄的話，還真是麻煩呢。

🎧 045

・給料／バイト代	・締め日	・支給日	・給料日
きゅうりょう　　だい	しめび	しきゅうび	きゅうりょうび
薪資／打工薪水	結算日	給付日	發薪日

・前日振込	・銀行振込	・手渡し	・控除	・保険
ぜんじつふりこみ	ぎんこうふりこみ	てわた	こうじょ	ほけん
前一天匯款	銀行匯款	親手交付	扣除	保險

・内訳	・手取り	・扶養	・給与所得	・源泉徴収
うちわけ	てどり	ふよう	きゅうよしょとく	げんせんちょうしゅう
明細	（扣稅後的）實收金額	扶養	薪資所得	（自薪資、所得）預扣稅款

・税金	・所得税	・住民税	・課税	・納税	・税率
ぜいきん	しょとくぜい	じゅうみんぜい	かぜい	のうぜい	ぜいりつ
税金	所得税	居民税	課税	納税	税率

・天引き	・年末調整	・確定申告	・還付金	・福利厚生
てんびき	ねんまつちょうせい	かくていしんこく	かんぷきん	ふくりこうせい
（自薪資）預先扣除	年終調整	申報所得税	退税	福利

・毎月の給料から、所得税が天引きされる。

所得税會從每個月的薪資扣除。

・使い道	・貯金	・親孝行	・仕送り	・無駄遣い
つかみち	ちょきん	おやこうこう	しおく	むだづかい
用途	儲蓄	孝順	寄生活費	浪費

・初給料の使い道はまだ決めてないけど、親孝行したいなぁ。

雖然還沒決定好第一筆薪水的用途，但好想用來孝順父母啊。

(046)

プチ贅沢・・・？ 「プチ贅沢」……這是什麼呢？

大きな贅沢は無理だけど、自分へのご褒美として、ストレス解消・気分転換を目的として、いつもよりちょっとだけグレードアップした気分を味わうのが「プチ贅沢」。

以排解壓力、轉換心情為目的犒賞自己時，雖沒有能力太奢侈，但可嚐嚐比平常稍微高級點的感覺，這就是「プチ贅沢」（小確幸）。

その金額や内容は、年代や性別によっても違いが見られるらしい。どんなプチ贅沢が人気なのか、どれくらいの金額をかけているのか、みんなのプチ贅沢の中身を覗いてみたよ。

據說依年齡與性別不同，金額和內容也有所差異。究竟哪種小確幸最熱門、會花多少錢，一起來一窺大家的小確幸吧！

【年代・性別によるプチ贅沢の金額＆中身】 各年齡範圍・性別的小確幸花費＆內容

20代	1万493円
30代	2万9,614円
40代	3万4,810円
50代	2万7,139円
60代	6万3,464円

20代	8,353円
30代	1万5,389円
40代	1万4,343円
50代	3万6,873円
60代	4万3,327円

【プチ贅沢をするきっかけや理由】 小確幸花費的原因與理由

1位　頑張ったご褒美として　　　　　第1名　作為努力工作的獎賞

2位　普段と違う物が食べたい時　　　第2名　想吃點和平常不一樣的東西時

3位　気分転換したい時　　　　　　　第3名　想轉換心情時

4位　休日などの解放感がある時　　　第4名　假日等感到解開束縛的時候

5位　給料や臨時収入があった時　　　第5名　有薪資和臨時收入的時候

6位　誕生日、記念日などの特別な日　第6名　生日、紀念日等特別的日子

　　　家族とのコミュニケーションが目的　　　目的是和家人聯繫感情

【プチ贅沢の代表格】　小確幸的代表排名

1位　いつもより高いランチを食べる　　　第1名　享用比平常貴的午餐

2位　いつもよりグレードの高い　　　　　第2名　去比平常高檔的餐廳
　　　レストランに行く

3位　デパ地下で高級スイーツを買う　　　第3名　到百貨公司地下街買高級甜點

4位　マッサージを受ける　　　　　　　　第4名　去按摩

5位　コンビニで贅沢デザートを買う　　　第5名　到便利商店買單價高的甜點

6位　いつもより高いお酒を買う　　　　　第6名　買比平常還貴的酒

7位　マンガの大人買い　　　　　　　　　第7名　搜刮漫畫

8位　国産の肉や魚を買う　　　　　　　　第8名　買國產肉品或魚

9位　プレミアムビールを買う　　　　　　第9名　買高級啤酒

10位　宅配ピザを頼む　　　　　　　　　第10名　叫外送披薩

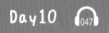

ミスしちゃった…

出包了……

今日はすごく忙しかったのと、初めて電話対応したのもあって、ミスが重なってしまった…忙しかったなんていいわけだよね。先輩たちにフォローしてもらったから、大きなミスにならなかったけど、これからは迷惑かけないように気をつけなきゃ。日本の職場で大切な言葉も覚えたし、ますますがんばらなきゃいけないなあ…

今天因為非常忙，加上第一次接聽電話，我就出了幾個包……。因為有前輩在一旁協助，才沒演變成嚴重的疏失，現在開始我要更小心，免得再給前輩添麻煩。既然已經記住了日本職場的重要用語，不再加油點不行呀……。

048

さっきの団体のお客様、時間と人数が間違って予約されてたけど、誰が対応したのかな？

剛才的團體客人，預約的時間和人數都不對，這是誰處理的呢？

電話対応でテンパっちゃって、聞き間違えてしまいました…申し訳ありません。

接電話的時候腦中一片空白聽錯了……抱歉。

あっ！私です！すみません！

啊！是我！對不起！

今回はフォローしたから大丈夫だけど、次からは復唱して確認漏れがないようにしような。

這次有我從旁協助沒關係，下次記得要複誦內容，避免確認上的疏忽喔。

はい、わかりました。気をつけます。
フォローありがとうございます！

好的，我了解了。我會注意的。謝謝協助！

日本では、【ホウ・レン・ソウ】が大切なんだよ！

在日本，【報連相】很重要喔！

ホウレンソウ？
菠菜？

報告・連絡・相談のことだよ。

就是報告、聯絡、討論。

報・連・相

仕事ではこの三つがコツだよ。

這三個是工作上的訣竅喔。

わかりました！今後はダブルチェックとホウ・レン・ソウを忘れないようにします！

我了解了！之後我會記得再次確認，以及報告、聯絡、討論。

・今回はフォローしたから大丈夫だよ。

這次有我從旁協助沒關係。

・次からは復唱して、確認漏れがないようにしような。

下次記得要複誦內容，避免確認上的疏忽喔。

・わかりました。気をつけます。

我了解了。我會注意的。

・フォローありがとうございます。

謝謝協助！

・報告・連絡・相談のホウレンソウを忘れないように！

別忘了報告、聯絡、討論的報連相（音同「菠菜」）。

・○○のコツだよ！

是○○的訣竅喔！

・今後は○○を忘れないようにします。

之後我會記得○○。

・同じミスをしないように、気をつけます。

小心別再犯同樣的錯誤。

・焦らないで、臨機応変な対応を心がけます。

別著急，注意行事要懂得臨機應變。

記住這些單字吧！

050

- やり忘れ
  わす

  遺漏、忘了做

- 確認漏れ
  かくにんも

  確認上的疏忽

- 復唱
  ふくしょう

  複誦

- 謝罪
  しゃざい

  道歉

- 改善
  かいぜん

  改善

- 慢心
  まんしん

  自滿

- 報告 / 連絡 / 相談
  ほうこく　れんらく　そうだん

  報告 / 聯絡 / 討論

- 不注意
  ふちゅうい

  疏忽

- 受注ミス
  じゅちゅう

  接單疏失

- 反省
  はんせい

  反省

- テンパる

  慌亂而腦內空白
  （非正式用語）

- 聞き間違い
  き　まちが

  聽錯

- 自覚
  じかく

  自覺

- 失敗
  しっぱい

  失敗

- やり忘れがないように、確認するときは復唱しよう。
  わす　　　　　　　　　　　かくにん　　　　　　ふくしょう

  為了避免遺漏，確認時記得複誦喔。

- 謝罪は心をこめて！言い訳はしない！
  しゃざい　こころ　　　　　い　わけ

  道歉時要抱持誠意！不可以有藉口！

- フォロー

  從旁協助

- 引継ぎ / 引き継ぐ
  ひきつ　　ひ　つ

  交接 / 接替

- 言い訳
  い　わけ

  藉口

- 焦る
  あせ

  著急

- 臨機応変
  りんきおうへん

  臨機應變

- 分析
  ぶんせき

  分析

- コツ

  訣竅

- 対処
  たいしょ

  應付

- ダブルチェック

  二次確認

- アドバイス

  建議

- 生かす
  い

  活用

051

バイト中にミスして落ち込んだ時に心がけたい3つのこと

打工出包心情低落時，注意這3件事情

1. ミスの原因を考える 思考犯錯的原因

まずやるべきことは、なぜミスをしてしまったのかその原因を考えること。何の原因もなくミスが生じることはない！
やるべきことが理解できていなかったなら、もう一度マニュアルを読んだり、先輩に確認する！

首先該做的是思考造成疏忽的原因。疏忽的發生不是沒有原因的！

如果不清楚該做的事情，記得再看一次員工手冊，或者向前輩確認！

2. ミスについてくよくよ考えない 別把疏失掛在心上而悶悶不樂

原因が分かったなら、そこで気持ちを切り替える！

くよくよとそのミスのことを考え続けると、いつまでもそれを引きずってしまう。ミスについて上司にお詫びして、そのミスの処理が終わった時点で、忘れるようにする。

既然知道原因了，就在當下轉換心情吧！

悶悶不樂把疏失掛在心上的話，會一直被負面情緒拖著走。有關疏失，向主管道歉且處理完畢後，就把它忘了吧！

3. 普段自分ができている点を考える 思考自己平常能做什麼

ミスしたことではなく、普段できている点に目を留めてみるようにする。
他の人と比べないこと！

著眼於平常可做到的事，而非犯下的疏失。別和他人比較！

バイト中にミスして謝罪するときに心がけたい3つのこと

打工出包道歉時，注意這3件事情

1. ミスを認めて謝る　承認錯誤並道歉

怒られるのが嫌だからといってミスを隠してしまうと、ばれた時にもっと怒られる。自分の間違いもすべて認めて報告し、謝るようにすること。

怕被罵就隱瞞錯誤的話，事跡敗露時只會被罵得更慘。記得好好承認自己的錯誤，報告後道歉。

2. ミスをしないためのコツを聞く　詢問不犯錯的訣竅

ミスをして謝るときにただ「ごめんなさい」と謝るよりも上司や社員の指摘やアドバイスを聞いて、余裕があればメモをすること。

比起犯錯時只說「對不起」道歉，徵詢主管和同事的批評與意見更有效，有餘力的話可做筆記。

3. 正しい言葉遣いで謝る　道歉時的用字遣詞要正確

「すいません」「ごめんなさい」などではなくちゃんと「申し訳ございませんでした」と正しい言葉遣い・丁寧な言葉遣いで謝罪をするようにする。

記得使用正確、禮貌的用詞「申し訳ございませんでした」來道歉，別使用「すいません」或「ごめんなさい」。

日本生活を楽しむ！

享受日本的生活！

バイト先のみんなで飲み会！
和打工同事們去喝酒！

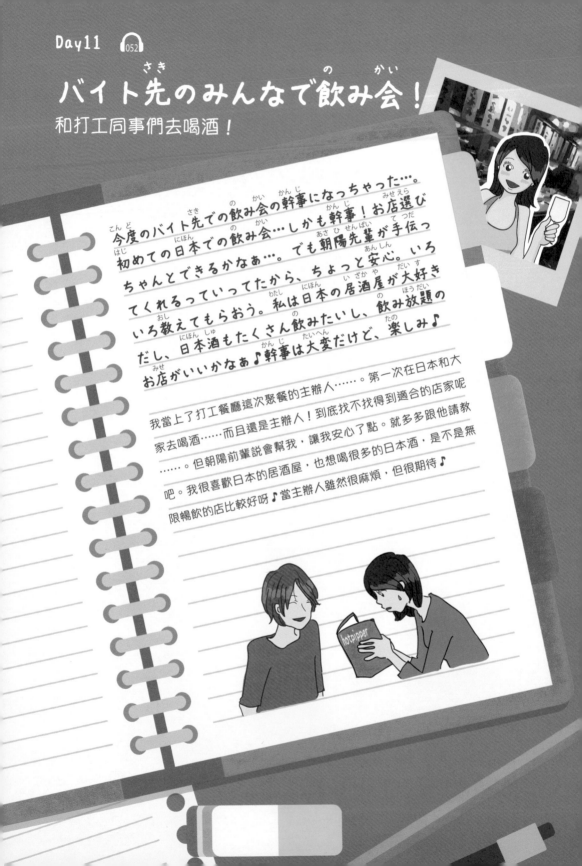

今度のバイト先での飲み会の幹事になっちゃった…。初めての日本での飲み会…しかも幹事！お店選びちゃんとできるかなあ…。でも朝陽先輩が手伝ってくれるっていってたから、ちょっと安心。いろいろ教えてもらおう。私は日本の居酒屋が大好きだし、日本酒もたくさん飲みたいし、飲み放題のお店がいいかなあ♪幹事は大変だけど、楽しみ♪

我當上了打工餐廳這次聚餐的主辦人……。第一次在日本和大家去喝酒……而且還是主辦人！到底找不找得到適合的店家呢……。但朝陽前輩説會幫我，讓我安心了點。就多多跟他請教吧。我很喜歡日本的居酒屋，也想喝很多的日本酒，是不是無限暢飲的店比較好呀♪當主辦人雖然很麻煩，但很期待♪

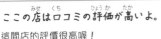

お店探し！
<ruby>お店探し<rt>みせさが</rt></ruby>し！

找店！

ここの<ruby>店<rt>みせ</rt></ruby>は<ruby>口<rt>くち</rt></ruby>コミの<ruby>評価<rt>ひょうか</rt></ruby>が<ruby>高<rt>たか</rt></ruby>いよ。

這間店的評價很高喔！

あっホットピッパーだ。

啊，是 hot pipper。

<ruby>参加者<rt>さんかしゃ</rt></ruby>は<ruby>今<rt>いま</rt></ruby>のところ10<ruby>名<rt>めい</rt></ruby>で、<ruby>予算<rt>よさん</rt></ruby>は<ruby>一人<rt>ひとり</rt></ruby>3,000<ruby>円<rt>えん</rt></ruby>って<ruby>所<rt>ところ</rt></ruby>かな。

參加人數目前有 10 位，預算一個人大概 3,000 日圓吧。

<ruby>二次会<rt>にじかい</rt></ruby>の<ruby>場所<rt>ばしょ</rt></ruby>もいくつか<ruby>考<rt>かんが</rt></ruby>えておきましょうか。

也先想幾個續攤的場所吧。

それがいいね。

這不錯喔。

<ruby>周<rt>まわ</rt></ruby>り<ruby>気<rt>き</rt></ruby>にしなくていいから、<ruby>完全個室<rt>かんぜんこしつ</rt></ruby>がいいですよね。

獨立包廂比較好吧，可以不用在意周圍的人。

<ruby>個人的<rt>こじんてき</rt></ruby>には<ruby>掘<rt>ほ</rt></ruby>りごたつの<ruby>居酒屋<rt>いざかや</rt></ruby>がいいんだよなあ。

我個人是喜歡有坑式暖桌的居酒屋啦。

<ruby>私<rt>わたし</rt></ruby>はいろんな<ruby>種類<rt>しゅるい</rt></ruby>の<ruby>日本酒<rt>にほんしゅ</rt></ruby>飲みたいです～！

我想喝各式各樣的日本酒～！

<ruby>飲<rt>の</rt></ruby>み<ruby>放題<rt>ほうだい</rt></ruby>のところにしようか。

就選間無限暢飲的店吧。

<ruby>飲<rt>の</rt></ruby>み<ruby>会<rt>かい</rt></ruby>の<ruby>予定<rt>よてい</rt></ruby><ruby>決<rt>き</rt></ruby>めるの<ruby>楽<rt>たの</rt></ruby>しいですけど、<ruby>当日<rt>とうじつ</rt></ruby>ドタキャンがあると<ruby>困<rt>こま</rt></ruby>りますよね。

計畫去哪聚餐是件開心的事，但當天有人爽約的話就麻煩了呢。

<ruby>幹事<rt>かんじ</rt></ruby>の<ruby>辛<rt>つら</rt></ruby>いところだね…。

主辦人辛苦的地方就在這呢……。

054

・ここの店は口コミの評価が高いよ。

這間店的評價很高喔！

・参加者は今のところ10名で、予算は一人3,000円って所かな。

參加人數目前有 10 位，預算一個人大概 3,000 日圓吧。

・二次会の場所もいくつか考えておきましょうか。

也先想幾個續攤的場所吧。

・周り気にしなくていいから、完全個室がいいですよね。

獨立包廂比較好吧，可以不用在意周圍的人。

・飲み放題のところにしようか。

就選間無限暢飲的店吧。

・個人的には掘りごたつの居酒屋がいいんだよなぁ。

我個人是喜歡有坑式暖桌的居酒屋啦。

・当日ドタキャンがあると困りますよね。

當天有人爽約的話就麻煩了呢。

【ジャンル】【種類】

居酒屋	創作料理	ダイニングバー	イタリアン
居酒屋	創意料理	餐酒館	義大利菜

フレンチ	焼肉・韓国料理	和食	洋食	中華
法國料理	燒烤・韓國料理	日式料理	西式料理	中式料理

・どんなジャンルのお店がいいですかねぇ…。

哪種店家好呢……。

・エリア	・口コミ	・クーポン	・予算	・参加者
區域	風評	優惠券	預算	參與者

・幹事	・会費制	・二次会	・ドタキャン
主辦人	會費制	續攤	臨時取消

・渋谷エリアの居酒屋で、クーポン使えるところってあるかなあ。

澀谷一帶的居酒屋中，有可以使用優惠券的地方嗎。

・喫煙席	・禁煙席	・完全個室	・座敷	・貸切
吸菸區	禁菸區	獨立包廂	鋪榻榻米的房間	包場

・掘りごたつ	・飲み放題	・食べ放題
坑式暖桌	無限暢飲	吃到飽

「ちゃんぽんする」ってどんな意味？ 「混酒喝」是什麼意思呢？

いろいろな種類のお酒を飲むことを、「ちゃんぽんする」という。
例えば、最初にビール、次にワイン、次に日本酒、最後にウイスキー…
酔いやすくなるからやめたほうがいいみたい。

「ちゃんぽんする」（混酒喝）是指喝各式各樣的酒。

例如一開始喝啤酒，接著是紅酒、日本酒，最後是威士忌……。因為這樣喝很容易醉，最好別這麼做。

「酔わない食べ物」がある？！ 真的有「吃了就不醉的食物」？！

日本では、お酒を飲む前に牛乳を飲んだりヨーグルトを食べたり、乳製品をとると酔わなくなるといわれている。飲みながらチーズを食べるのもいいらしい！

在日本，有人說喝酒前喝牛奶、吃優格等，攝取乳製品就不會醉。聽說喝酒配起司也可以！

日本酒の種類を学ぼう！ 來看看日本酒的種類吧！

基本的に日本酒は米と水で作られているけど、米と水以外の「醸造アルコール（人工添加物）」が添加されている場合もある。米と水だけで造られている日本酒には「純米」が付く。

お米は芯に近づくほど、でんぷんが強くなる。なので日本酒は、お米の表面の部分を削って、芯に近い良い部分だけ使うらしい。普通は３割くらいしか削らないけど、お米を４割以上も削り、特別に低温でじっくり造った日本酒もあるんだって！この造り方でお米を４割削ると「吟醸」、半分以上削ったものは「大吟醸」と呼ぶらしい。

日本酒基本上是以米和水製成，但有些也會添加米和水以外的「醸造用酒精（人工添加物）」。只用米和水製成的酒會標示「純米」。

米愈靠近中心的位置，澱粉含量愈多。因此，聽說日本酒是使用米粒靠近裡層的部分，表面部分則去掉。一般大概只會去掉約３成的部位，但也把米去掉４成以上，並特別用低溫慢慢醸造的日本酒。這個醸造法醸出來的酒，若使用的米去掉了４成，就稱作「吟醸」；若使用的米去掉了一半以上，就稱「大吟醸」。

純米酒・・・米、水
純米酒…米、水

純米吟醸酒・・・米（４割削ったもの）、水
純米吟醸酒…米（去掉４成部位的米）、水

純米大吟醸酒・・・米（５割以上削ったもの）、水
純米大吟醸酒…米（去掉５成以上部位的米）、水

吟醸酒・・・米（４割削ったもの）、水、醸造アルコール
吟醸酒…米（去掉４成部位的米）、水、醸造用酒精

大吟醸酒・・・米（５割以上削ったもの）、水、醸造アルコール
大吟醸酒…米（去掉５成以上部位的米）、水、醸造用酒精

本醸造酒・・・米、水、醸造アルコール
本醸造酒…米、水、醸造用酒精

いよいよ飲み会当日！
終於來到聚餐當天！

お店を決めるのは、大変だけど楽しかったな♪
明日はいよいよ飲み会当日。普段職場でしか会わ
ない先輩たちと一緒にお酒を飲めるのはすごく楽
しみ！でも幹事だから、飲み過ぎないようにしな
きゃ！飲み放題だけど、ちゃんとマナーを守って、
残さないで飲みきれる量を考えて注文しよう。
ちゃんと予約取れてるよね…なんだかちょっと不
安になってきたなぁ…。

找店家非常辛苦但很好玩呢♪明天終於就要去聚餐了。可以和

平時只能在工作場合碰面的前輩們一起喝酒，我非常期待！但

我是主辦人，可不能喝太多啊！雖說是無限暢飲，但還是要遵

守禮節，點酒之前斟酌一下自己喝不喝得完吧。我已經預約好

了……總覺得開始有點不安了呢……。

飲み会♪
（の）（かい）

聚餐♪

058

20時に10名で予約した林です。
我預約晚上8點10位，我姓林。

はい、お待ちしておりました。
こちらのお座敷にどうぞ。
好的，等您很久了。這邊的房間請。

店長、上座にどうぞ。
店長，請坐上座。

ありがとう～。
謝謝～。

僕、とりあえず生。
我先來個生啤。

ビール、ピッチャーで
もらいましょうか。
啤酒來個一壺吧。

ノンアルもあるかな。
應該也有無酒精飲料吧。

取り皿もっともらいましょうか？
要再多拿些分菜盤嗎？

幹事ですから、酔ったらまずいんで…
我是主辦人，喝醉的話就糟了……

カンパーイ！
乾杯！

ありがと、小晴も飲みな。
謝謝，小晴也喝點喔。

大丈夫だって。オレもいるし。
沒問題的，有我在。

81

- ○○時に○○名で予約した○○です。

  我是預約○○點○○位的○○。

- ○○さん、上座にどうぞ。

  ○○先生（小姐），請坐上座。

- ビール、ピッチャーでもらいましょうか。

  啤酒來個一壺吧。

- 本日のお通しです。

  這是今天的小菜。

- 取り皿もっともらいましょうか。

  要再多拿些分菜盤嗎？

- ノンアルコールのメニューもたくさんあります。

  無酒精飲料的選擇也很多。

- 焼酎のお湯割りください。

  請給我兌熱水的燒酎。

- とりあえず○○ください。

  先來個○○。

- 幹事ですから、酔ったらまずいんで…

  我是主辦人，喝醉的話就糟了……。

🎧 060

・上座 （かみざ）	・下座 （しもざ）	・座布団 （ざぶとん）	・割り箸 （わばし）	・取り皿 （とざら）
上座	下座	座墊	竹筷	分菜盤

・箸置き （はしおき）	・小皿 （こざら）	・取り箸 （とばし）	・コースター	・おしぼり	・お通し （とお）
筷架	小盤子	公筷	杯墊	濕毛巾	小菜

・すみません、座布団（ざぶとん）が一人分（ひとりぶん）足（た）りません。

　不好意思，這邊少一個座墊。

・焼酎 （しょうちゅう）	芋焼酎 （いもじょうちゅう）	麦焼酎 （むぎじょうちゅう）	米焼酎 （こめじょうちゅう）	紫蘇焼酎 （しそじょうちゅう）	黒糖焼酎 （こくとうじょうちゅう）
燒酎	薯類燒酎	大麥燒酎	米燒酎	紫蘇燒酎	黑糖燒酎
	水割り （みずわ）	お湯割り （ゆわ）	ロック	ストレート	お茶割り （ちゃわ）
	兌水	兌熱水	加冰塊	喝純酒	兌茶

・生ビール （なま）	・日本酒 （にほんしゅ）	・カクテル	・チューハイ
生啤酒	日本酒	雞尾酒	燒酎加蘇打水、燒酎角嗨

・ノンアルコール	・ボトル	・デキャンタ	・グラス
無酒精飲料	瓶裝	玻璃瓶	玻璃杯

・ピッチャー	・徳利 （とっくり）	・お猪口 （ちょこ）
（有把手的）啤酒壺	清酒瓶	清酒杯

・すみません、お猪口（ちょこ）を４つ（よっ）もらえますか？

　不好意思，可以跟您拿４個清酒杯嗎？

豆知識メモ！！ <small>まめ ち しき</small>

061

上座・下座ってどういう意味？ <small>かみ ざ ・しも ざ ・・・・・いみ</small> 上座・下座是什麼意思呢？

偉い人（上の人）が座る場所は上座。下の人が座る場所は下座。
<small>えら ひと うえ ひと すわ ばしょ かみ ざ した ひと すわ ばしょ しも ざ</small>

地位高的人（較年長的人）坐的位子是上座；地位較低、較年輕的人坐的位子就是下座。

例えば4人がけのテーブル席だったら、入リ口に遠い方は奥から1番（上座）、2番（上座）、入リ口に近い方は奥から3番（下座）、4番（下座）。
<small>たと よにん せき い ぐち とお ほう おく いちばん かみ ざ にばん かみ ざ い ぐち ちか ほう おく さんばん しも ざ よんばん しも ざ</small>

舉例來說，如果是4人座的桌子，離門口最遠的位子開始是第1順位（上座）和第2順位（上座）；門口靠裡面的位子開始則是第3順位（下座）和第4順位（下座）。

いろいろな座敷のルールを見てみよう！ <small>ざ しき み</small>

來看看各種座位的上下規則吧！

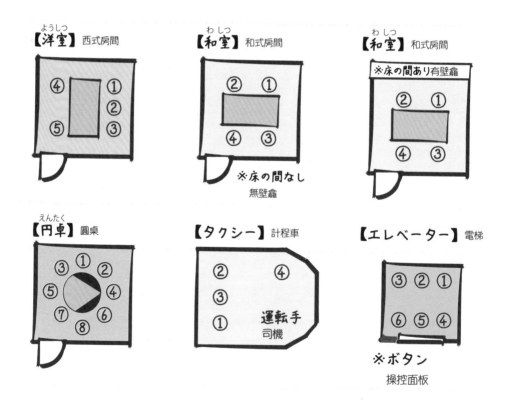

84

「シメ」のいろんな意味！ 「收尾」的各種涵義！

① 最後に食べたくなるもの 最後會想吃的東西

日本人は、お酒を飲んだ後にラーメンを食べるらしい。

飲み会では、「シメにお茶漬け」「シメにおでん」と頼む人もいる。

據說日本人在喝完酒以後會吃拉麵。

酒席間也有人會在最後加點茶泡飯或關東煮。

② 一本締め？ 用掌聲收尾

飲み会、忘年会、同窓会などの最後に、みんなで合わせて拍手をすること。

「いよ～おっ」という掛け声の後に、みんなで手を叩く。

パパパン　パパパン　パパパン　パン

聚餐、尾牙、同學會等場合，大家會在最後一起拍手。

喊出「いよ～おっ」之後，大家會一起拍手。

啪啪啪　啪啪啪　啪啪啪　啪

三拍を三回重ねると「九＝苦」になる。でも、この「九」という漢字にもう一つ点をつけると、「丸」になる。これは、苦労して頑張った結果、すべてが丸く収まるという意味になるらしい。

連續三次三連拍就是「九」次，與「苦」的日文念法相同。但如果在「九」這個字再加上一點的話，就會變成「丸」（圓滿）。這表示辛苦努力的最後，所有事情都圓滿結束的意思。

※居酒屋での飲み会や、何回も拍手すると周りに迷惑をかけるような場所では、「一丁締め」という一回だけの拍手で終わらせる場合もある。

在居酒屋喝酒時，如果一直拍手會給周圍的人帶來困擾，所以有時會拍一次手就結束，這叫做「一丁收尾」。

いよ～おっ

Twitter を使い始める…

開始用 Twitter……

日本の子は、Twitter を使ってる率が高い…地震とか、災害時の情報共有も、Twitter がすごく役に立つらしい…使おう使おうと思ってはいたけど、なんだか難しそうだと思って敬遠してた…昨日の飲み会で先輩のアカウント教えてもらったから、今日からいよいよ使い始めようっと。先輩、「フォローしてね」って言ってたけど…なんのことだ？

勉強することはまだまだいろいろありそう…

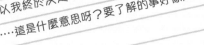

日本年輕人使用 Twitter 的比例好高……發生地震等災害要分享資訊時，Twitter 好像很有用……我一直想用，但感覺好像很難所以就沒管它了……。昨天聚餐的時候前輩給了我他的帳號，所以我終於決定今天要開始用了。前輩說了「記得跟隨我喔」

……這是什麼意思呀？要了解的事好像還有很多……。

Twitter 用語

🎧 063

ねえ、Twitter（ツイッター）やってる？

喂，妳有在用 Twitter 嗎？

あ、アカウントはあるんですけど、ほとんど使（つか）ってなくて…

啊，我有帳號，但幾乎沒在用……。

アカウント名（めいおし）教えて。フォローするよ。

跟我說一下你的帳號名稱。我來跟隨你。

あっあさひ先輩（せんぱい）、私もフォローしてるのに、フォロバしてくれないですよね。

啊，朝陽前輩，我也有跟隨你，但你好像沒有回跟我。

さくらはオレのアカ、リムってない？

咲良妳把我的帳號刪掉了嗎？

うそぉ、してないよぉ。

哪有這回事，我可沒刪喔。

え、そうだった？ごめんごめん。

是喔？抱歉抱歉。

あ、スパムだと思（おも）ってリムってたぁ。

啊，我以為是垃圾訊息就刪掉啦。

ひどい。

真過分。

あ、そういえばうちの店（みせ）のアカウント、炎上（えんじょう）してたよ、昨日（きのう）。

啊，話說回來，我們店的帳號昨天湧進了批評的聲浪喔。

えっあたし投稿（とうこう）したんだけど！

昨天是我貼文的說！

小晴（こはる）もやってみなよ。おもしろいからさ。

小晴也玩玩看嘛。很有趣喔。

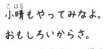

はい！

好！

- ねえ、Twitter のアカウント持ってる？

  喂，你有 Twitter 的帳號嗎？

- フォローしてね。

  要跟隨我喔。

- 先輩、フォロバしてくれないですよね～！

  前輩都不回跟我呢～！

- ○○にリムられてる？

  被○○刪除好友了？

- おもしろい投稿があるとつい、リツっちゃうよね。

  看到有趣貼文的話，不自覺就會轉推呢。

- ○○のアカウントって鍵アカだよね。

  ○○的帳號是私人帳號對吧。

- ○○のアカウント、炎上してたよ…

  ○○的帳號湧進了批評的聲浪耶……。

- 私が投稿したよ。

  我有貼文喔。

単語を覚える！ 記住這些單字吧！

 065

- ・ツイート
  推特貼文

- ・タイムライン
  時間軸

- ・フォロー
  跟隨

- ・フォロバ
  （フォローバック）
  回跟

- ・リムる（解除する）
  ※フォロー解除
  刪除
  ※ 取消跟隨

- bot（ボット）
  機器人

・フォローしてくれたら、絶対フォロバするから！

  跟隨我的話我一定回跟回去！

- ・リプ返（リプライ返し）
  回文

- ・ファボ（いいね・お気に入り）
  按喜歡

- ・リツイート
  轉推

- ・ブロック
  封鎖

- ・スパブロ（スパムブロック）
  舉報推文

- ・#（ハッシュタグ）
  主題標籤

- ・ダイレクトメッセージ
  私人訊息

- ・フォローリクエスト
  要求跟隨

鍵アカ ※ツイートを非公開に設定している人のこと
私人帳號 ※ 將推特設為不公開的人

炎上 ※何かの不祥事や出来事をきっかけに爆発的に注目されるような状態の事を表した**用語**

湧入批評聲浪 ※ 用來表示因負面事件或其他事情引起爆炸性關注的狀態

豆知識メモ！！
（まめちしき）

豆知識隨手記！！

🎧066

「垢」ってなに？
（あか）

什麼是「垢」呢？

垢＝アカウントのこと。いろんなアカウントの呼び方がある？！
（あか）（よ かた）

「垢」指的就是「アカウント」（帳號）。帳號稱呼有許多種？！

①病み垢…精神的に病んでいたりネガティブなつぶやきを行うアカウント
（や あか せいしんてき や）
の事。
（こと）

有病帳號……用戶有精神方面疾病或經常發負面推文的帳號。

②本垢…メインとして使っているアカウントの事。
（ほんあか）（つか）（こと）

主帳號……主要在使用的帳號。

メイン以外にアカウントを作っている場合に使う用語。
（い がい）（つく）（ばあい つか ようご）

主帳號外還有其他帳號時使用的用語。

③複垢…「複数アカウント」の事で、本垢の他にアカウントを保有する
（ふくあか）（ふくすう）（こと ほんあか ほか）（ほゆう）
事。
（こと）

分身帳號……指的就是「複數帳號」，除了主帳號另有其他帳號。

④裏垢…リアルな友達や親しい人とやり取りするアカウントをメイン
（うらあか）（ともだち した ひと と）
（本垢）として使い、それ以外に作成したアカウントの事。
（ほんあか）（つか）（い がい さくせい）（こと）

祕密帳號……除了和現實中的好友或關係親近的人聯繫感情的主帳號，另外再創建的帳號。

びっくり Twitter 情報！ 令人吃驚的 Twitter 情報！

・1日のツイート数は合計約5億回。1秒の間に 6,000 回もツイートされている！

1天的發推數總共有5億次。平均1秒就有 6000 則推文發出！

・1番ツイートされている絵文字は、泣き顔の絵文字。これまでに 145 億回ツイートされている。

最常使用於推特的顏文字是哭臉，截至目前為止已被使用 145 億次。

・ツイッターのアイコンになっている、青い鳥の名前は、「ラリー」である。

推特標誌的青鳥叫做「拉里」。

・最もツイート数が多いのは、日本人ユーザーで、@VENETHIS さん。3700 万回以上ツイートしている。

發推最多次的是一個日本用戶 @VENETHIS。目前已發推 3700 萬次以上。

2秒に1回ツイートしても、この回数ツイートするのには、2年以上かかる。

即使2秒發1次推，要達到這個次數也要花2年以上。

・世界的指導者のおよそ 80％ がツイッターを利用している。

世界各國的元首約 80% 有使用推特。

・2010 年 1 月 22 日に、初めて宇宙からツイートされた。

2010 年 1 月 22 日第一則從宇宙發的推文誕生。

・世界で最も深い海溝であるマリアナ海溝（水深 10,911ｍ）の海底から、ジェームズ・キャメロンが 2012 年 3 月 26 日にツイートしている。

詹姆斯・卡麥隆在 2012 年 3 月 26 日，從世界最深的海溝「馬里亞納海溝」（水深 10,911m）的海底發了一則推文。

恋バナで盛り上がる…

因為戀愛話題而熱絡起來……

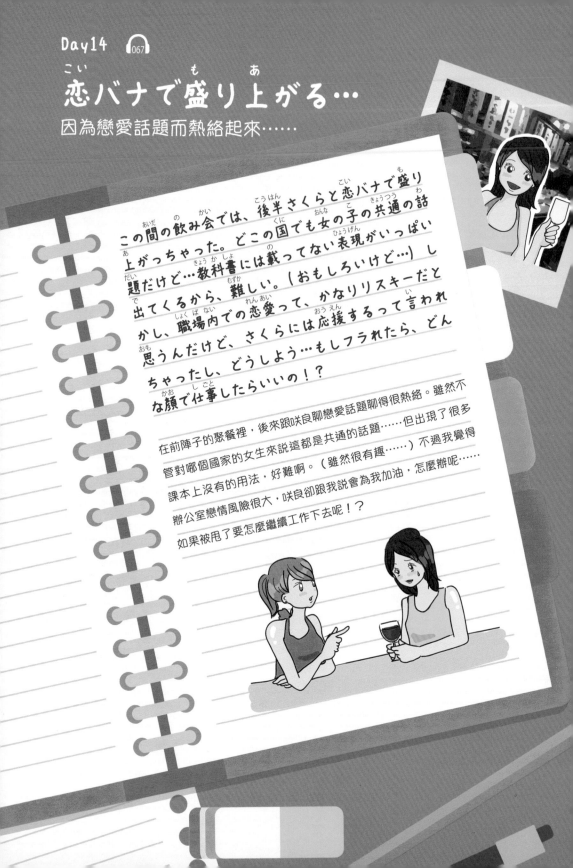

この間の飲み会では、後半さくらと恋バナで盛り上がっちゃった。どこの国でも女の子の共通の話題だけど…教科書には載ってない表現がいっぱい出てくるから、難しい。（おもしろいけど…）しかし、職場内での恋愛って、かなりリスキーだと思うんだけど、さくらには応援するって言われちゃったし、どうしよう…もしフラれたら、どんな顔で仕事したらいいの！？

在前陣子的聚餐裡，後來跟咲良聊戀愛話題聊得很熱絡。雖然不管對哪個國家的女生來說這都是共通的話題……但出現了很多課本上沒有的用法，好難啊。（雖然很有趣……）不過我覺得辦公室戀情風險很大，咲良卻跟我說會為我加油，怎麼辦呢……如果被甩了要怎麼繼續工作下去呢！？

小晴って、あさひ先輩好きでしょ。
こはる　　　　　　　　せんぱい　す

小晴妳喜歡朝陽前輩吧。

えっなんで？

為什麼這樣講？

ああいうお兄ちゃんキャラ好きそう。
にい　　　　　　　　　す

妳看起來就喜歡那種哥哥類型的。

うん、頼れるし、優しい人だなあって思ってるけど。
たよ　　　　やさ　　ひと　　　　　　　　おも

嗯⋯⋯ 他看起來很可靠，感覺也是個溫柔的人。

私はチャラい男より、堅いタイプが
わたし　　　　　　おとこ　　　かた
すきなんだ。ちなみにうなじフェチ。

比起輕浮的男生，我更喜歡嚴謹一點的。
順帶一提我是後頸控。

ここ
這裡

私はフェチかはわかんないけど、髪が
わたし　　　　　　　　　　　　　　　　かみ
ちょっと長めの人が好き。
なが　ひと　す

我不知道這樣算不算控，但我喜歡頭髮稍
長一些的男生。

やっぱり先輩狙いでしょ。
せんぱいねら

就說妳對前輩有意思吧！

違うって！
ちが

都說不是了！

元彼も年上でしょ。
もとかれ　　としうえ

妳前男友也比妳大吧。

そうだけど…

是這樣沒錯⋯⋯

93

069

・ああいう〇〇キャラ好きそう。

　妳看起來就喜歡那種〇〇類型的。

・私は〇〇より、〇〇が好きなんだ。

　比起〇〇我更喜歡〇〇。

・〇〇の時の仕草とか、好き。

　我喜歡在〇〇的樣子。

・〇〇狙いでしょ。

　妳以〇〇為目標對吧。

・男の方が一目惚れしやすいんだって。

　據説男生比較容易一見鍾情。

・あ、あの人は彼氏（彼女）持ちだよ。

　啊、那個人有男友（女友）喔。

・どこからが浮気だと思う？

　你覺得從哪裡開始算劈腿？

・職場恋愛（社内恋愛）ってかなりリスキーだと思う。

　我覺得辦公室戀情風險很大。

★タイプ 類型

○優しい　頼りがいがある　かわいい　甘えん坊　天然
　温柔　　値得信賴　　　　　可愛　　愛撒嬌　　傻傻的

　きれい　スタイルがいい　大人っぽい　センスがいい
　漂亮　　身材好　　　　　成熟　　　　有品味

×チャラい　ギャル　オタク　根暗　自己中
　輕浮　　　辣妹　　宅男　　憂鬱　自我中心

　軽い　　堅い　　ぶりっ子　オレ様病／お姫様病
　隨便　　死板　　做作　　　王子病／公主病

★○○キャラ　○○類型

・長女／お姉ちゃんキャラ　　・妹キャラ

　長女／姊姊型　　　　　　　妹妹型

・お兄ちゃんキャラ　　　　　・弟キャラ

　哥哥型　　　　　　　　　　弟弟型

・○○フェチ　・合コン　・仕草　・元彼／彼女　・初恋
　○○控　　　聯誼　　　動作　前男友／女友　初戀

・一目惚れ　・浮気　・不倫　・既婚者　・独身　・フリー
　一見鍾情　劈腿　　不倫　已婚人士　未婚　　單身

・彼女／彼氏持ち　・S／M　　・下ネタ　・職場恋愛
　有女友／男友　　虐待／被虐　開黃腔　　辦公室戀情

豆知識メモ！！
まめちしき

豆知識随手記！！

恋愛の豆知識を集めてみた
れんあい　まめちしき　あつ

蒐集了跟戀愛相關的小知識

1. 告白するのに成功率が高い時間帯はやっぱり夜。
   こくはく　　　　せいこうりつ　たか　じかんたい　　　　　　よる

   告白成功率最高的時段是晚上。

2. 告白の成功者は３ヶ月以内に想いを告げている。
   こくはく　せいこうしゃ　さんかげついない　おも　　つ

   告白成功的人都是三個月內就會跟對方說自己的想法。

3. 苦い恋の後悔の辛さは「仕事の後悔の２倍」。
   にが　こい　こうかい　つら　　　　しごと　こうかい　にばい

   悔恨痛苦戀情的難受程度是「工作上的兩倍」。

4. キスには大きな美容効果がある。
   おお　　びようこうか

   接吻有很好的美容效果。

5. キスにはモルヒネの10倍の鎮痛効果がある。
   じゅうばい　ちんつうこうか

   接吻的止痛效果比嗎啡高十倍。

6. 男性は女性に長く見つめられると惚れやすくなる。
   だんせい　じょせい　なが　み　　　　　　　　　ほ

   男性只要被女性長時間盯著看就容易迷上她。

7. 人の顔は左からのほうが魅力的に見える。
   ひと　かお　ひだり　　　　　　　　みりょくてき　み

   人臉從左邊看起來比較有魅力。

8. 分子遺伝学的に、女性は浮気に鋭くできている。
   ぶんしいでんがくてき　じょせい　うわき　するど

   從分子遺傳學上來說，女性天生對劈腿很敏銳。

9. 統計学に基づけば、12人以上とデートすると運命の
   とうけいがく　もと　　　　　じゅうににんいじょう　　　　　　　　　うんめい
   人と出会う確率があがる。
   ひと　であ　かくりつ

   根據統計學，只要跟12個人以上約會遇到真命天子的可能性就會提高。

日本の女の子がする、こんなテクニック…

日本女生常用的這種技巧……

【相手との心の距離を測る方法「グラステクニック」】

測試妳和對方內心距離的方法「杯子技法」

食事の時に、相手が飲んで置いたグラスの位置に自分のグラスを近づけて置く。相手がグラスの距離を離して置き直したりすると、自分に対してあまり興味や脈がない可能性が高い。グラスの位置をそのままにしたり逆に相手の方からさらに距離を近づけてくれば相手にも好意がある。

吃飯時把自己的杯子放得離對方喝過，放在桌上的杯子近一些。如果對方把杯子間的距離拉開、重新放好，表示他很有可能對妳沒什麼興趣也沒有發展的可能。但如果他把杯子就那樣放著，或是將杯子更靠近妳的杯子，就表示對方對妳也有好感。

【男性を落とす「クロステクニック」】

攻陷男性的「交叉法則」

足を組みかえる仕草や、髪をかきあげる際に逆の手を使うなど、「交差」を意識して行動すると、男性はその仕草に女性らしさや色気を感じるらしい。

翹腳的樣子、或是用另一邊的手來撥頭髮等，隨時注意用「交叉」的方式來動作。據説男性看到這樣的動作會感覺到女人味和性感。

結婚式にお呼ばれ♪
受邀參加婚禮♪

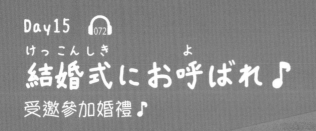

店長がいよいよ結婚するらしい！初めて日本の結婚式にお呼ばれしちゃった♪ 日本の結婚式は結構独特で、参加する方にもいろんなルールがあるみたい。わからないことはきちんと調べていかないとダメだよね。お祝いも、当日の服装も、いろいろわからないことがあるよ〜！さくらに聞いてみよう！

店長終於要結婚了！第一次受邀參加日本的婚禮♪ 日本的結婚典禮非常獨特，出席的人也有很多規矩要遵守的樣子。不懂的地方一定要好好查一下才行。賀禮、當天的服裝等等，還有很多不懂的地方～！去問一下咲良好了！

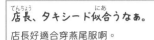 我憧憬的婚禮♪

 073

店長、タキシード似合うなぁ。
店長好適合穿燕尾服啊。

花嫁さんのウェディングドレスもきれいです。
新娘的禮服也好漂亮。

結婚指輪、超高いらしいよ。
結婚戒指看起來超貴的。

お前、金のことばっかりだな。
妳盡講一些跟錢有關的耶。

だって、私今月3件も結婚式あってさ、ご祝儀貧乏だよ。
因為我這個月參加了三次婚禮啊，包禮金包到沒錢了。

まあ今回はバイト皆で連名にしたんだし、おめでたいことだからな。
但這次是打工的同事大家一起包，真是值得感謝啊。

いつか自分のときに絶対回収するんだ。
哪天輪到我的時候一定要收回來。

私の時はご祝儀とか要らないから、皆でガーデンパーティとかしたいなぁ。
我結婚的時候不收禮金，想跟大家一起開庭園派對。

…だってよ。先輩。
……她這樣說呢，前輩。

ガーデン探さないと、先輩。
得開始找庭園囉，前輩。

な、ななんでオレが？！
為、為為什麼是我？

99

・私（わたし）今月（こんげつ）〇件（けん）も結婚式（けっこんしき）があって、ご祝儀貧乏（しゅうぎびんぼう）だよ。

我這個月參加了〇次婚禮，包禮金包到沒錢了。

・ご祝儀（しゅうぎ）は今回（こんかい）、皆（みんな）で連名（れんめい）にしよう。

這次的禮金就大家一起包吧。

・【受付（うけつけ）で】この度（たび）はおめでとうございます。

【報到處】非常恭喜。

・〇〇くん、〇〇さん、ご結婚（けっこん）おめでとうございます。

〇〇先生、〇〇小姐恭喜你們結婚。

・席次表（せきじひょう）を見（み）て、自分（じぶん）の席（せき）に着（つ）くんだよ。

看座位表找到自己的座位坐下。

・今回（こんかい）は出席（しゅっせき）できないから、祝電（しゅくでん）を送（おく）ろう。

這次沒有辦法出席，我就致賀電好了。

・二次会（にじかい）の会場（かいじょう）に移動（いどう）しましょう。

到續攤的會場去吧。

・ブーケトスでは独身（どくしん）の女性（じょせい）が、がんばってブーケを取（と）るよ！

丟捧花的時候，單身的女性要很努力去搶喔！

- 挙式（きょしき）
  舉辦儀式
- 招待状（しょうたいじょう）
  邀請函
- パーティドレス
  晚禮服
- 披露宴（ひろうえん）
  婚宴
- 二次会（にじかい）
  續攤

- ご祝儀（しゅうぎ）
  禮金
- ご祝儀袋（しゅうぎぶくろ）
  禮金袋
- 席次表（せきじひょう）
  座位表
- 引出物（ひきでもの）
  宴會贈品
- 結婚指輪（けっこんゆびわ）
  結婚戒指

- 祝電（しゅくでん）
  賀電
- 祝辞（しゅくじ）
  賀詞
- 新婦（しんぷ）
  新娘
- 新郎（しんろう）
  新郎
- お色直し（いろなおし）
  換裝
- 謝辞（しゃじ）
  謝詞

・店長（てんちょう）の結婚式（けっこんしき）の引出物（ひきでもの）、すごくかわいいティーカップだった。
店長婚禮的紀念品是很可愛的茶杯。

★教会式（きょうかいしき）の結婚式（けっこんしき）　教堂婚禮

- ウェディングドレス
  結婚禮服
- タキシード
  燕尾服
- フラワーガール
  花童

- ライスシャワー
  灑米儀式
- 司祭（しさい）
  祭司
- チャペル
  禮拜堂
- 神父・牧師（しんぷ・ぼくし）
  神父、牧師

- ブーケトス
  丟捧花

★和装・神前式の結婚式（わそう・しんぜんしき・けっこんしき）　和服、神前式婚禮

- 白無垢（しろむく）
  日式新娘禮服
- 角隠し（つのかくし）
  日式頭紗
- 紋付袴（もんつきはかま）
  日式男性禮服
- 色打ち掛け（いろうちかけ）
  顏色鮮明的結婚和服
- 神職・巫女（しんしょく・みこ）
  神職、巫女

- はらいことば
  祈神祝詞
- 三々九度の盃（さんさんくどのさかずき）
  三獻之儀
- 玉串拝礼（たまぐしはいれい）
  玉串拜禮

豆知識メモ！！

豆知識隨手記！！

結婚式（けっこんしき）に呼（よ）ばれたときのルール

受邀參加結婚典禮時要注意的事項

【服装（ふくそう）】 服装

① 白系（しろけい）ドレス・スーツは NG（エヌジー）！　結婚式当日（けっこんしきとうじつ）、白（しろ）は花嫁（はなよめ）・花婿（はなむこ）だけの特権（とっけん）！

不可以穿白色系的裙子或西裝！婚禮當天，白色是新娘和新郎的特權！

② ミニ丈（たけ）ドレス・肩出（かただ）しドレス・ファー素材（そざい）ドレス・リクルートスーツは NG（エヌジー）！派手（はで）な色（いろ）や柄（がら）、カジュアルすぎるシャツは NG（エヌジー）！

迷你裙、露肩洋裝、有毛料的禮服、面試用正裝都不行！過於華麗的顏色和圖案，太過輕便的襯衫也不行！

③ キラキラ光（ひか）るネックレスやゴールド系（けい）のアクセサリーは NG（エヌジー）！

不能戴閃閃發光的項鍊或是金色系的首飾！

④ 動物皮（どうぶつがわ）のバッグは NG（エヌジー）！

不能提動物皮革的包包！

⑤ 露出（ろしゅつ）の多（おお）い靴（くつ）やブーツは NG（エヌジー）！

不能穿裸露太多皮膚的鞋子或靴子！

⑥ 派手（はで）すぎるヘアアレンジや大（おお）きすぎるコサージュは NG（エヌジー）！

不能做過於華麗的編髮或是戴太大的胸花！

【ご祝儀（しゅうぎ）】 禮金

① 水引（みずひ）きはかならず結（むす）び切（き）り！

花紙繩一定要打結！

② 入（い）れる金額（きんがく）の 1/100（ひゃくぶんのいち）くらいの値段（ねだん）のご祝儀袋（しゅうぎぶくろ）を選（えら）ぶ！

要選擇禮金金額百分之一左右價錢的禮金袋！

③ 包（つつ）むお金（かね）には必（かなら）ず新札（しんさつ）！

一定要包新鈔！

④ ご祝儀を包む金額は割り切れない数字である「奇数」！

礼金的金額必須是無法整除的「奇數」！

20代のゲストのご祝儀相場 20幾歳賓客包禮金的行情

■友人・知人、会社の同僚の場合の相場　朋友、認識的人、公司同事的行情

1位　30,000円　　2位　20,000円　　3位　10,000円

第一 30,000 日圓　　第二 20,000 日圓　　第三 10,000 日圓

■兄弟・姉妹などの親族の場合の相場　兄弟姉妹等等親戚的行情

1位　50,000円　　2位　30,000円　　3位　100,000円

第一 50,000 日圓　　第二 30,000 日圓　　第三 100,000 日圓

30代のゲストのご祝儀相場　30幾歳的賓客包禮金的行情

■友人・知人、会社の同僚の場合の相場　朋友、認識的人、公司同事的行情

1位　30,000円　　2位　20,000円　　3位　10,000円

第一 30,000 日圓　　第二 20,000 日圓　　第三 10,000 日圓

■兄弟・姉妹などの親族の場合の相場　兄弟姉妹等等親戚的行情

1位　50,000円　　2位　30,000円　　3位　100,000円

第一 50,000 日圓　　第二 30,000 日圓　　第三 100,000 日圓

⑤ 出席と返信していたのに、当日やむを得ず欠席をする場合は、出席する場合の金額の半分、もしくは3分の1（一人1万円前後）を目安にした現金、もしくはお祝いの品を渡す。

如果已回覆會出席，當天卻不得已缺席時，要給新人出席時禮金的一半或是三分之一（一個人大約一萬日幣）的現金，或是等值的賀禮。

日常のルール・約束

<ruby>日<rt>にち</rt></ruby><ruby>常<rt>じょう</rt></ruby>のルール・<ruby>約<rt>やく</rt></ruby><ruby>束<rt>そく</rt></ruby>

日常生活規則・約定

日本のスーパーは楽しい！
日本的超市好有趣！

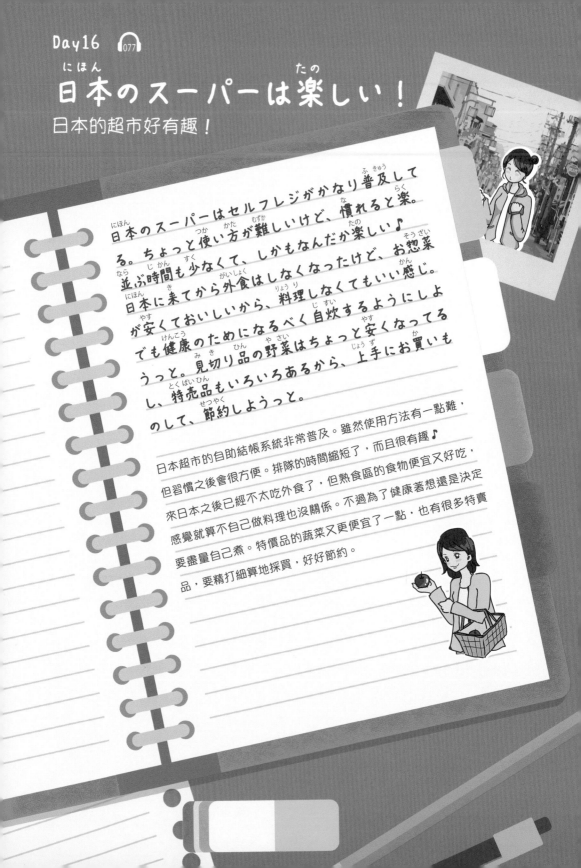

日本のスーパーはセルフレジがかなり普及している。ちょっと使い方が難しいけど、慣れると楽。並ぶ時間も少なくて、しかもなんだか楽しい♪

日本に来てから外食はしなくなったけど、お惣菜が安くておいしいから、料理しなくてもいい感じ。

でも健康のためになるべく自炊するようにしよっと。見切り品の野菜はちょっと安くなってるし、特売品もいろいろあるから、上手にお買いもの

して、節約しようっと。

日本超市的自助結帳系統非常普及。雖然使用方法有一點難，但習慣之後會很方便。排隊的時間縮短了，而且很有趣♪

來日本之後已經不太吃外食了，但熟食區的食物便宜又好吃，感覺就算不自己做料理也沒關係。不過為了健康著想還是決定要盡量自己煮。特價品的蔬菜又更便宜了一點，也有很多特賣品，要精打細算地採買，好好節約。

最近_{さいきんさむ}寒くなってきたし、みんなで鍋_{なべ}しない？

最近變冷了，大家要不要一起吃火鍋？

いいね、僕_{ぼく}の家_{いえ}でする？近_{ちか}いし。

好啊，要在我家吃嗎？很近呢。

いっぱい買_かうから、カートがいいよな。

要買的很多，推台推車比較好吧。

賛成_{さんせい}！じゃあみんなで買出_{かいだ}し行_いこう！

贊成！那大家一起出去採買吧！

あ、鍋_{なべ}フェアやってるじゃん。しかも今_{いま}の時間_{じかん}はタイムセールだな。

啊！現在有火鍋促銷祭耶！而且現在剛好是限時特賣時段。

何鍋_{なになべ}にします？

要煮什麼鍋？

手分_{てわ}けしようか。うちら、野菜_{やさい}と飲_のみ物_{もの}見_みてくるね。

我們分工吧！我們去拿蔬菜和飲料。

そっちはその他_たよろしくです。

其他的就拜託你們囉。

結構買_{けっこうか}ったね。私_{わたし}のエコバックだけじゃ間_まに合_あわないなぁ。

買好多喔！我的購物袋好像沒辦法裝完耶。

あ、私_{わたし}も持_もってる！

啊！我也有帶。

よし、おいしい鍋_{なべつく}作ろう！

好，來煮好吃的火鍋吧！

僕_{ぼく}も持_もってるよ。

我也有帶喔。

皆_{みな}、偉_{えら}いなぁ。

大家都好棒喔！

- いっぱい買うから、カートがいいよな。

  要買的很多，推台推車比較好吧。

- 今、〇〇フェアをやっています。

  現正舉行〇〇促銷祭。

- 今の時間タイムセールだよ！

  現在有限時特賣喔！

- 普通のレジは混んでいるから、セルフレジにしよう。

  一般的收銀台好多人，去自助櫃檯吧。

- 閉店間際はお惣菜が安くなるね。

  打烊前熟食區會降價喔！

- 割引シールが貼ってあるものや見切り品は、安いですが消費期限ギリギリのものです。

  貼著打折貼紙的東西或是特價品雖然很便宜，但都是快超過使用期限的東西。

- 〇〇のコーナーはどこですか？

  〇〇區在哪裡呢？

- ポイントカードにポイントが溜まると、割引やプレゼントなどの還元があります！

  用集點卡集點的話，會打折或是有贈品回饋！

・タイムセール	・○○フェア	・買い物カゴ	・買い物カート
限時特賣	○○促銷祭	購物籃	購物推車
・レジ	・セルフレジ	・エコバック	・ポイントカード
收銀台	自助收銀台	購物袋	集點卡
・閉店間際	・割引きシール	・半額シール	・賞味期限
打烊前	打折貼紙	半價貼紙	最佳食用期限
・消費期限	・レシート		
使用期限	收據		

・青果	・鮮魚	・精肉	・惣菜	・見切り品	・特売品
蔬果	生鮮魚	食用肉品	配菜	特價品	特賣品

・夕方になるとタイムセールで卵が安くなるらしい。

　傍晚會有限時特賣，雞蛋好像會變便宜喔！

・買い物するときには、エコバックを持って行こう。

　買東西的時候帶購物袋去吧。

豆知識随手記！！

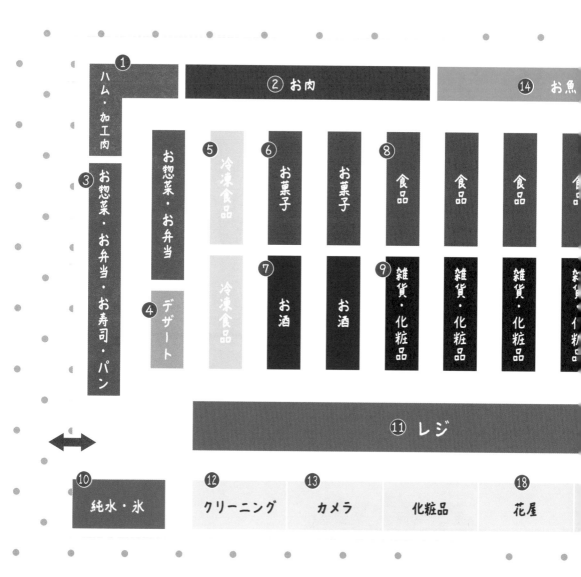

① ハム・加工肉

② お肉

⑭ お魚

③ お惣菜・お弁当・お寿司・パン

お惣菜・お弁当

⑤ 冷凍食品

⑥ お菓子

お菓子

⑧ 食品

食品

食品

食品

④ デザート

冷凍食品

⑦ お酒

お酒

⑨ 雑貨・化粧品

雑貨・化粧品

雑貨・化粧品

雑貨・化粧品

⑪ レジ

⑩ 純水・氷

⑫ クリーニング

⑬ カメラ

化粧品

⑱ 花屋

日本のスーパーの構成を見てみよう！

來看看日本超市的構造吧！

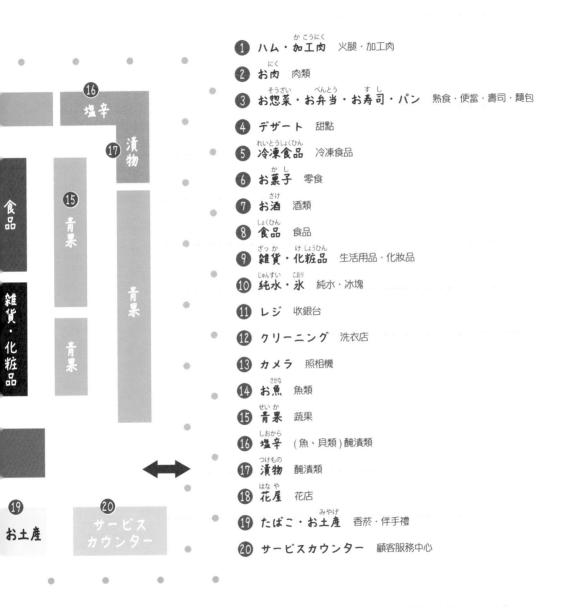

①	ハム・加工肉	火腿・加工肉
②	お肉	肉類
③	お惣菜・お弁当・お寿司・パン	熟食・便當・壽司・麵包
④	デザート	甜點
⑤	冷凍食品	冷凍食品
⑥	お菓子	零食
⑦	お酒	酒類
⑧	食品	食品
⑨	雑貨・化粧品	生活用品・化妝品
⑩	純水・氷	純水・冰塊
⑪	レジ	收銀台
⑫	クリーニング	洗衣店
⑬	カメラ	照相機
⑭	お魚	魚類
⑮	青果	蔬果
⑯	塩辛	（魚、貝類）醃漬類
⑰	漬物	醃漬類
⑱	花屋	花店
⑲	たばこ・お土産	香菸・伴手禮
⑳	サービスカウンター	顧客服務中心

★青果　蔬果

入り口を入ると必ずと言っていいほど、まず青果コーナーがある。青果は、スーパーの中で一番季節による影響が大きいから、商品の種類・配置がよく変わるコーナーでもあるらしい。青果の商品・配置を頻繁に変えることで、お客様の目を飽きさせないようにしているんだって。

一踏進入口就會看到蔬果區。蔬果是超市中受季節影響最大的，所以商品區的種類、配置也常常改變。因為蔬果區的商品配置時常變換，讓客人永遠都不覺得膩。

★鮮魚　生鮮魚

店内の奥が多い。お店のメイン部分で売上げの多いコーナーを奥へ配置すると、そのコーナーへ行く前に他のコーナーを通らなければならないので、他のコーナーの売上げを伸ばすことができるんだって。

鮮魚コーナーでは、商品に直接当てる照明に白熱灯を使用する。これは、白熱灯の方が、蛍光灯より魚が新鮮に見える（多少鮮度が落ちてもよく見える）からだって！

通常在店的最裡面。據說把店舖主力銷量最高的區塊設置在最裡面，客人為了走到那區就一定得經過其他區，因此能夠提升其他區的銷售。

生鮮魚區會使用燈泡直接照射商品，據說如此一來會比使用日光燈照射看起來更新鮮（即使新鮮度稍差了一點看來仍是新鮮的）。

★精肉　食用肉品

店内の奥が多い。鮮魚と同じ理由らしい。精肉では、白熱灯ではなく蛍光灯をメインに使用する。これも、お肉をもっと新鮮に見せるためらしい。

常在店的最裡面，原因和生鮮魚一樣。但是肉類不用燈泡而是用日光燈當主要照明。這也是為了讓肉看起來更新鮮。

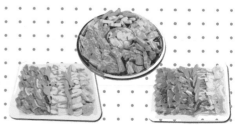

★惣菜
熟食

入り口からいちばん遠い位置に配置されるお惣菜。ほかのどのコーナーよりも後に配置するのは、野菜・魚・肉を買った後にもう一品追加してもらうことが目的。他のコーナーより先に配置しちゃうと、惣菜だけで用が済んでしまい、他のコーナーの売上げが落ちちゃう。

熟食通常被放在離入口最遠的地方。會放得比其他區域更後面是為了讓客人在買了菜、魚、肉之後再追加多買樣配菜。要是放得比其他區塊前面，就會變成買完熟食就結束購物，其他區的銷售量也會跟著下降。

通常、ほとんどのスーパーやショッピングセンターは左回りに回るように設計されているらしい。実はあれ、200 メートル走とかスピードスケートとかのトラック競技と同じで、人間は心臓のある左側に回る時は心地よく感じやすく、逆に右側に回る時は気持ち悪く感じるから、ああいう風に設計されているんだって！

通常超市和購物中心會以向左繞的方式設計，這和兩百公尺賽跑或是競速滑冰等田徑比賽一樣，人類往心臟所在的左側轉繞時會感到較舒適，相反地往右邊繞的話則是會覺得不舒服。據說是依照這種概念設計的。

ゴミの分別はしっかりと！

確實做好垃圾分類！

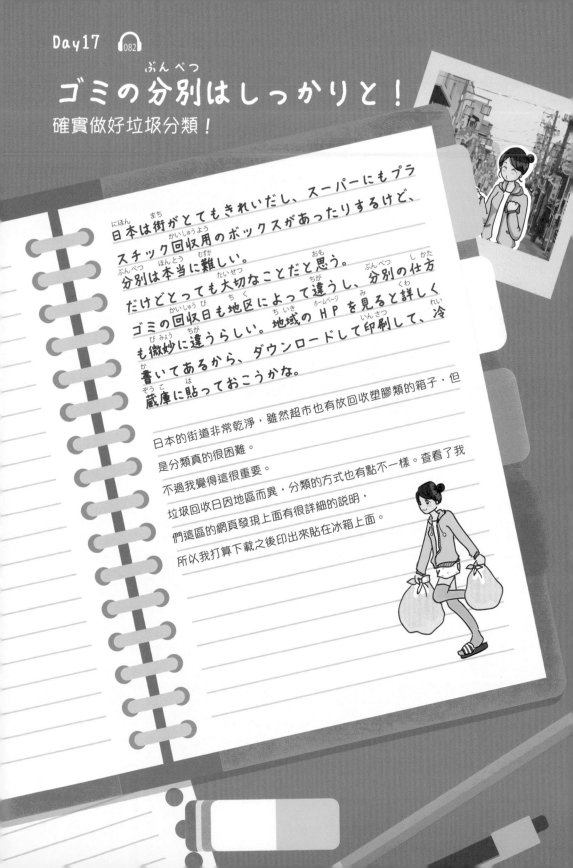

日本は街がとてもきれいだし、スーパーにもプラスチック回収用のボックスがあったりするけど、分別は本当に難しい。

だけどとっても大切なことだと思う。

ゴミの回収日も地区によって違うし、分別の仕方も微妙に違うらしい。地域のHPを見ると詳しく書いてあるから、ダウンロードして印刷して、冷蔵庫に貼っておこうかな。

日本的街道非常乾淨，雖然超市也有放回收塑膠類的箱子，但

是分類真的很困難。

不過我覺得這很重要。

垃圾回收日因地區而異，分類的方式也有點不一樣。查看了我

們這區的網頁發現上面有很詳細的説明，

所以我打算下載之後印出來貼在冰箱上面。

食べた食べた。お腹いっぱいだよ～。

吃完了，吃完了。肚子好飽啊！

よし、片付けようか！

好，來整理吧！

いつき…ゴミ箱一つしかないけど、ちゃんと分別してる？

樹……垃圾桶只有一個欸，你有認真分類嗎？

はーい！

好！

…してるよ…たまに…。

……有啊……偶爾……。

生ゴミって、可燃ゴミ？

廚餘是可燃垃圾嗎？

ダメだよ！ほら、缶は缶でまとめる！

這樣不行啦！你看，罐子就要收進鐵罐類啊！

それもまとめて可燃ゴミの日に出すんだよ。

那也是收集起來後，在倒可燃垃圾的日子拿出去丟。

小晴、詳しいね。すごいな。

小晴好了解喔！好厲害耶！

いい奥さんになりそうですね、先輩…。

感覺可以變成一位好太太唷，前輩……。

うるさいよ。

吵死了。

日本に来てから、ちゃんと調べましたよ。環境のためです！

我來日本之後有好好查資料喔，為了環境好！

115

・○○は、○○でまとめて○○ゴミの<ruby>日<rt>ひ</rt></ruby>に<ruby>出<rt>だ</rt></ruby>します。

○○要跟○○類整理在一起，在收○○的日子拿出去丟。

・<ruby>毎週<rt>まいしゅう</rt></ruby>○<ruby>曜日<rt>ようび</rt></ruby>は○○ゴミ<ruby>回収<rt>かいしゅう</rt></ruby>の<ruby>日<rt>ひ</rt></ruby>です。

每週的星期○是○○的回收日。

・○○って、○○ゴミ？

○○是○○類嗎？

・プラスチック<ruby>容器<rt>ようき</rt></ruby>は、<ruby>買<rt>か</rt></ruby>ったスーパーで<ruby>回収<rt>かいしゅう</rt></ruby>してくれる。

塑膠容器可以拿去當初購買的超市回收。

・エコマークのついているものは、リサイクルできます。

有環保標誌的東西都可以回收。

・<ruby>粗大<rt>そだい</rt></ruby>ゴミを<ruby>捨<rt>す</rt></ruby>てるときには、<ruby>市<rt>し</rt></ruby>に<ruby>連絡<rt>れんらく</rt></ruby>しなければいけません。

丟棄大型垃圾的時候必須聯絡市公所。

・○○<ruby>回収<rt>かいしゅう</rt></ruby>の<ruby>日<rt>ひ</rt></ruby>はいつですか？

○○的回收日是哪一天？

・この<ruby>地域<rt>ちいき</rt></ruby>のゴミ<ruby>置<rt>お</rt></ruby>き<ruby>場<rt>ば</rt></ruby>はどこですか？

這地區的垃圾場在哪裡？

単語を覚える！ 記住這些單字吧！

・分別(ぶんべつ) 分類	・可燃(かねん)ゴミ 可燃垃圾	・不燃(ふねん)ゴミ 不可燃垃圾	・プラゴミ 塑膠垃圾	・粗大(そだい)ゴミ 大型垃圾
・資源(しげん)ゴミ 可回收垃圾	・危険(きけん)ゴミ 危險垃圾	・生(なま)ゴミ 廚餘	・古紙回収(こしかいしゅう) 紙類回收	・缶(かん)・ビン 瓶罐
・リサイクル 回收	・エコマーク 環保標誌	・コンポスト 堆肥	・3R(さんアール) 環保3R	
・ゴミ収集車(しゅうしゅうしゃ) 垃圾車	・ゴミ焼却場(しょうきゃくじょう) 垃圾焚化場	・ゴミ置(お)き場(ば) 垃圾場		
・再生資源(さいせいしげん) 再生資源	・廃棄物(はいきぶつ) 廢棄物			

・可燃(かねん)ゴミの日(ひ)と不燃(ふねん)ゴミの日(ひ)は違(ちが)うので、注意(ちゅうい)してください。

可燃垃圾和不可燃垃圾的回收日是不同天，請注意。

・リサイクルするために、きちんと分別(ぶんべつ)しなければなりません。

為了做資源回收，一定要好好將垃圾分類。

・この地区(ちく)のゴミ置(お)き場(ば)はここです。

這區的垃圾場在這裡。

ゴミ捨てには様々なルールがある

倒垃圾有各式各樣的規則

住んでいる地域によるけど、一般的にマンションの場合は何時でも指定の場所に捨てることができて、決まった時間にゴミ収集車が溜まったゴミを回収してくれる。一軒家の場合は決められた時間、場所にゴミを捨てなければならない。また、ゴミの種類によっても捨てる場所が変わってくるから、注意が必要。

また、特定のモノを捨てる際には注意が必要！例えば牛乳の紙パックはちゃんと洗って、開いて、乾かして出さないと業者が持って行ってくれない。

雖然根據居住地區會有些差異，一般來說住在公寓的話，不管什麼時候都可以把垃圾丟在指定的場所，垃圾車會在固定時間來收走集中好的垃圾。住在獨棟住宅的話，則必須在指定的時間把垃圾拿到垃圾場。此外，依垃圾種類的不同，丟棄的場所也會改變，需要多加注意。

丟棄特定物品的時候要更加注意！例如牛奶的紙盒要洗乾淨之後打開、晾乾，否則負責業者是不會拿走的。

ゴミは分別しておく必要がある。大きく分けて可燃ゴミ、不燃ゴミ、プラゴミ、粗大ゴミに分けられる。高度経済成長期の日本では可燃ゴミ、不燃ゴミの二種類だけだったけど、最近は環境問題やリサイクルを重視する社会になっていて、いろいろな方法で分別しなくてはならない。

でも、分別度合いには地域差があって、地域や自治体の職員や委託業者がゴミを回収して、さらに処理したりリサイクルしたりする作業が非常に手がかかってしまうから、大都市であればあるほどゴミの分別が大まかな形になっている傾向があるらしい。

垃圾必須分類。大致上可以分成可燃垃圾、不可燃垃圾、塑膠垃圾和大型垃圾。過去高度經濟成長時期的日本只分成可燃和不可燃兩種，但是最近由於社會開始重視環境問題以及回收再利用，必須分類成各種類別。

不過分類的程度也有地區性差異，因為地方組織或自治組織委託業者回收垃圾後做進一步處理、回收再利用是非常費時費力的，因此越大的都市，垃圾分類有越粗略的傾向。

こんなゴミはどうやって分別するの？ 這種垃圾要怎麼分類？

可燃ゴミ　可燃垃圾

クリスマス飾り

聖誕節裝飾

切り花

切花（一般在花店買得到，沒有根部的花）

ろうそく

蠟燭

落ち葉・下草

落葉、雜草

使い捨てカイロ

暖暖包

保冷剤

保冷劑

不燃ゴミ　不可燃垃圾

植木鉢（プラスチックまたは陶器製で、直径・高さが 40cm 未満）

盆栽（塑膠或是陶製・直徑、高度未滿 40cm）

ガラスのコップ

玻璃杯

コップ、箸（プラスチック製）

杯子、筷子（塑膠製）

シャベル、スコップ

鏟子、鐵鍬

スポンジ（食器洗い、風呂掃除用）

海綿（洗碗、刷浴室用）

タッパー容器

便當盒容器

粗大ゴミ　大型垃圾

門松（高さ 40cm 以上）

門松（高度 40cm 以上）

毛布

毛毯

クリスマス飾り、正月飾り（素材にかかわらず、直径・高さが 40cm 以上）

聖誕節飾品、過年裝飾品（不論材質，直徑、高度 40cm 以上）

ラケット（柄の部分を含め長さが 40cm 以上）

球拍（包含柄的部分長度 40cm 以上）

かい巻毛布

懶人毯

ホットカーペットカバー（厚手のものやボアシーツのようなもの）

電熱毯套（厚的或是毛絨類的東西）

水光熱費って高い…

水電費好貴……

一人暮らしを始めてから、水光熱費が気になり始めた…余計な電気は使わないように、きちんと節電していかないといけないなあ。特に夏場、冬場は冷暖房費がかかっちゃう。使わないときはコンセントを抜いたり、節電術を調べなきゃ。それから、日本に居ると毎日お風呂に入りたくなるけど…今のアパートは追い炊きできないから、毎日お湯を取替えると水道代もかかっちゃう。なんかいい節約方法ってないのかなあ。

開始一個人生活之後也開始注意水電費了……。為了不使用到多餘的電一定要好好節約用電啊。特別是夏天和冬天會多花費冷氣跟暖氣的錢。不使用的時候把插頭拔掉之類的，要多蒐集一些省電方法才行。而且住日本後變得每天都想泡澡……但是現在的公寓不能重複燒熱水，所以每天換泡澡水的話水費也很高。難道沒有什麼好的節約方法嗎？

光熱費の話 （こうねつひのはなし）

光熱費的話題

う～ん。

嗯～

どうしたの？

怎麼了？

今月の電気代、超高い。ストーブつけっぱなしで寝ちゃってたもんなぁ…。

這個月的電費超貴。因為我忘了關暖爐就睡著了……。

タイマーセットすればいいのに。節電は大事だよ。

設定時間就好了啊。省電很重要的喔。

帰りにコンビニ振込みしなきゃ。

回家的時候要去超商匯錢才行。

あ、僕も振込みいかなきゃ。

啊，我也該匯了。

もう二ケ月滞納しちゃって…停められる。

已經遲繳兩個月……被斷水斷電了。

も～ダメじゃん。銀行引落しにすれば？

這樣不好吧？要不要設定銀行自動扣款？

私は夜しか部屋にいないから、時間帯別電灯したの。夜の電気代安くなるんだよ。

我只有晚上會在家，所以有簽時段別用電合約。晚上電費比較便宜喔。

えっなにそれ、便利じゃん！

欸！居然有這種事，很方便耶！

それに、コンセントはコマメに抜きなよ。

除此之外一定要勤拔插頭喔。

小晴、お母さんみたいだな。

小晴好像媽媽喔。

121

・節電は大切です。

省電很重要。

・コンビニ振込みしなきゃ。

要去超商匯款才行。

・銀行引落の方が便利です。

銀行自動扣款比較方便。

・私は夜しか部屋にいないから、時間帯別電灯したの。
夜の電気代安くなるんだよ。

我只有晚上會在家，所以有簽時段別用電合約。晚上電費比較便宜喔。

・光熱費の請求書、領収書は取っておいたほうがいい。

光熱費的帳單、收據最好都收著。

・支払いを滞納すると、電気・水道が停められる。

遲繳的話會被停水停電。

・待機電力消費を減らすために、コンセントをコマメに抜いた方がいい。

為了減少待機時消耗的電量，要勤拔插頭。

単語を覚える！ 記住這些單字吧！

- こうねつ ひ **光熱費**
  光熱費
- こうきょうりょうきん **公共料金**
  公共費用
- でん き だい **電気代**
  電費
- だい **ガス代**
  瓦斯費
- すいどうだい **水道代**
  水費

- **コンビニ支払い** (しはら)
  超商繳費
- ひ お **引き落とし**
  （帳戶）扣款
- せいきゅうしょ **請求書**
  帳單
- りょうしゅうしょ **領収書**
  收據

- ふ こ ようし **振り込み用紙**
  匯款單
- しはら たいのう **支払い滞納**
  遲繳

- せつやく **節約**
  節約
- せつでん **節電**
  節電
- せっすい **節水**
  節水
- たいき でんりょくしょう ひ **待機電力消費**
  待機耗電量
- じ かんたいべつでんとう **時間帯別電灯**
  時段別用電合約

- でんりょくじ ゆう か **電力自由化**
  電業自由化

・まいつき こうきょうりょうきん し はら おこな
毎月の公共料金の支払いは、コンビニで行います。

每個月的公共費用是去超商繳費。

豆知識隨手記！！

🎧091

光熱費・水道代の目安（一人暮らし）　水電費的平均用量標準（一個人住）

1. 家賃　…　5～7万円前後　房租…5～7萬日圓左右
2. 電気　…　春・秋3,000円台／夏・冬5,000円台

電費…春秋3,000日圓左右／夏冬5,000日圓左右

3. ガス　…　3,000～5,000円　瓦斯…3,000～5,000日圓
4. 水道　…　3,000～4,000円　水費…3,000～4,000日圓
5. 食費　…　2万前後　伙食費…2萬日圓左右
6. 通信費　…　平均約11,000円　電話費…平均約11,000日圓
7. 日用品費・医療費　…　平均3,000円　生活用品費、醫療費…平均3,000日圓
8. 交際費　…　平均約10,000円　娛樂費…平均約10,000日圓
9. おしゃれ費　…　平均約20,000円　治裝費…平均約20,000日圓

個人差はあるけど、一人暮らしの場合、電気・ガス・水道代を含めた公共料金は一ヶ月で約一万円。でも、テレビ・冷蔵庫・電器など使わないときはコマメに電源を切るだけで電気代を節約できる。他には水を出しっぱなしにしないことやガスコンロを使用して料理をするときは強火ではなく中火で調理する等。

雖然有個人差異，但是一個人生活的電費、瓦斯、水費等所有公共費用一個月大約是一萬日圓。不過不用電視、冰箱等電器的時候勤關電源可以節省電費。其他還有不把水龍頭開著放、用瓦斯爐料理的時候不用強火改用中火等等。

光熱費・水道代が未払いだとどうなる！？

光熱費、水費沒有付的話會怎樣！？

公共料金を期日までに支払わないと、「料金未払いの通知」が来る。この段階で電気やガス、水が止められることはないけど、この通知を無視し続けると「最終勧告」が来るらしい。内容は「〇〇日までにお支払い頂かないと電気などを止めます」というモノ。程度の差はあるけど、実際に止められるのは滞納してから 20 日ほど。それでも滞納し続けると最悪裁判にまで発展する可能性もあるので注意。

沒有在期限內繳納公共費用的話會收到「未繳款通知」。在這個時候，電、瓦斯、水還不會被斷，但是如果無視這個通知持續不繳款將會收到「最後催繳通知」。內容是「在〇〇日前還不繳費的話將會停止供電」等。雖然期限會有差異，但實際上被斷電大多是在遲繳二十天後。如果被斷電還持續不繳款有可能演變成要上法院，得多加注意。

三大！電気代を食う家電！！　三大！耗電家電！！

【一位　エアコン】　エアコンの電気代は年間約 16,000 円〜50,000 円
【第一名 冷氣】　冷氣的電費一年約 16,000 〜 50,000 日圓

【二位　洗濯乾燥機】　洗濯乾燥機の電気代は年間約 9,500 円〜23,000 円
【第二名 烘衣機】　烘衣機的電費一年約 9,500 〜 23,000 日圓

【三位　冷蔵庫】　冷蔵庫の電気代は年間約 8,400 円〜10,000 円
【第三名 冰箱】　冰箱的電費一年約 8,400 〜 10,000 日圓

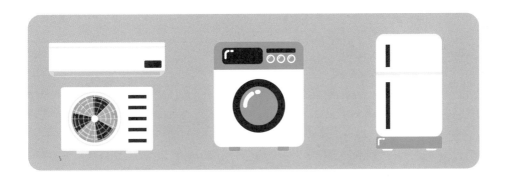

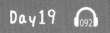

テレビを見よう♪
來看電視吧♪

毎日朝のニュースを見てからバイトに行くのが日
課になってきた。やっぱり新しいニュースはしっ
かり知っておかないと！電気代節約のために、あ
んまりテレビは見ないようにしているけど、最近
の深夜番組がおもしろくて、ちょっとハマってる
…やばい。今期のドラマもすっごくおもしろい。
年末は特別番組も多いし、見たい番組たくさんあ
るよお。
日本語の勉強にもなるし、まあいいか！

每天看完晨間新聞再出門打工已經成為例行公事了。果然還是
要確實接收最新的新聞才行！為了節省電費，一直以來都不太
看電視的，但是最近的深夜節目實在太有趣，有點迷上了
看電視的。這一季的連續劇也好有趣。
啊……真糟糕。這一季的連續劇也好有趣。
年底的時候有很多特別節目，想看的節目好多啊～

但是可以藉此學習日文，算啦！

人気の番組 （にんき の ばんぐみ）　人氣節目

🎧 093

小晴、昨日（きのう）から始（はじ）まった月９（げつく）のドラマ見（み）た？

小晴，妳有看昨天開始播的月九連續劇嗎？

見（み）た見（み）た！おもしろかったね。視聴率（しちょうりつ）もすごくよかったって、朝（あさ）のニュースでやってたよ。

看了看了！很有趣耶。早上的新聞也説收視率非常好。

なんの話（はなし）？

他們在聊什麼？

新（しん）ドラマですよ。いつきはテレビっ子（こ）ですし、小晴（こはる）はドラマ好（す）きだから話（はな）し合（あ）うんですよ、あの二人（ふたり）。

新的連續劇啊。樹是電視兒童、小晴喜歡看連續劇所以那兩個人正在討論喔。

そっかぁ。オレはあんまテレビ見（み）ないからなぁ。

這樣啊。我不太看電視的説。

ちなみに、小晴（こはる）、お笑（わら）いも好（す）きですよ。

對了，小晴也喜歡搞笑節目喔。

芸人（げいにん）について結構（けっこう）くわしいですし、深夜番組（しんやばんぐみ）かなり見（み）てますよ。

她知道很多搞笑藝人，也看很多深夜節目呢。

あ、深夜番組（しんやばんぐみ）ならオレも見（み）てる。

啊，深夜節目的話我也有在看。

共通（きょうつう）の話題（わだい）見（み）つけましたね、先輩（せんぱい）。

找到共同話題了呢！前輩。

うるさいなぁ…

吵死了……。

127

094

・昨日から始まった月9のドラマ見た？

有看昨天開始播的月九連續劇嗎？

・視聴率もすごくよかったって、朝のニュースでやってたよ。

早上的新聞也説收視率非常好。

・彼はテレビっ子だから。

因為他是電視兒童。

・年末は特別番組が多いよね。

年底有很多特別節目呢。

・この番組はコマーシャルが長いなぁ。

這個節目的廣告好長啊。

・テレビ局によって、番組の雰囲気が違う。

電視台的不同，節目氣氛也不一樣。

・明日はドラマの最終回だから、番組表を見て予約しておかなきゃ！

明天是連續劇的最後一集，我要來看節目表預錄才行！

- 番組表（ばんぐみひょう）
節目表

- 報道番組（ほうどうばんぐみ）
新聞節目

- 情報番組（じょうほうばんぐみ）
資訊節目

- ニュース
新聞

- ワイドショー
娛樂新聞

- スポーツ番組
體育節目

- 教育番組（きょういくばんぐみ）
教育節目

- 娯楽番組（ごらくばんぐみ）
娛樂節目

- お笑い（わら）
搞笑

- バラエティ
綜藝

- ドラマ
戲劇

- 時代劇番組（じだいげきばんぐみ）
時代劇節目

- 特撮番組（とくさつばんぐみ）
特撮節目

- 映画番組（えいがばんぐみ）
電影節目

- 深夜番組（しんやばんぐみ）
深夜節目

- 音楽番組（おんがくばんぐみ）
音樂節目

・最近（さいきん）は朝（あさ）のニュースを見（み）てから、仕事（しごと）に行（い）きます。

最近都看完晨間新聞才出門工作。

- コマーシャル
廣告

- テレビ局（きょく）
電視台

- 視聴率（しちょうりつ）
收視率

- 芸能人（げいのうじん）
藝人

- 芸人（げいにん）
搞笑藝人

- 主演（しゅえん）
主角

- 新番組（しんばんぐみ）
新節目

- 最終回（さいしゅうかい）
最後一集

- 出演（しゅつえん）
演出

- 俳優／女優（はいゆう／じょゆう）
演員／女演員

・日本（にほん）のコマーシャルはとてもおもしろい！

日本的廣告超有趣！

・このドラマは主演（しゅえん）の俳優（はいゆう）が人気（にんき）で、視聴率（しちょうりつ）が高（たか）い。

這部連續劇的主角很有人氣，收視率很高。

豆知識隨手記！！

日本の超人気番組ジャンル別　にほん　ちょうにんき　ばんぐみ　べつ　日本的超人氣節目種類

【音楽番組】　おんがくばんぐみ　音樂節目

一年に一度の音楽の祭典「紅白歌合戦」、通称紅白が最も有名な音楽番組。紅白は老若男女が楽しめるよう、各年代、ジャンルの有名歌手が出てきて5時間ほど歌い続ける番組。

一年一度的音樂祭典「紅白歌合戰」俗稱紅白，是最有名的音樂節目。紅白無論男女老少都能共賞，是各個年代、類型的知名歌手輪番上陣、連唱五小時的歌唱節目。

【お笑い・バラエティ】　わら　搞笑、綜藝

50年もの長い歴史を持つ長寿番組「笑点」がご年配の方に大人気！笑点とは日本の伝統芸能、落語を中心に笑いを取る番組だよ！

有著五十年悠遠歷史的長壽節目「笑點」很受長輩歡迎。笑點是一個以日本傳統藝能——單口相聲為主題，為大家帶來歡笑的節目！

【大河ドラマ】　たいが　大河劇

日本の歴史を知りたければこの大河ドラマが一番オススメ！約一年かけて一人の人物にまつわる話が構成され、史実を忠実に再現しているもの。大河ドラマに出演する俳優や女優は有名な方ばかりで、出演できることは非常に名誉なことなんだって。

想要了解日本歷史的話最推薦收看大河劇！大河劇大約播出一年，題材圍繞著一個主要人物，是忠實重現歷史的戲劇。演出大河劇的演員都是很有名的人，可以演出大河劇是一件非常光榮的事。

<ruby>多<rt>おお</rt></ruby>くの<ruby>番組<rt>ばんぐみ</rt></ruby>は「<ruby>午後<rt>ごご</rt></ruby><ruby>8<rt>はち</rt></ruby><ruby>時<rt>じ</rt></ruby><ruby>54<rt>ごじゅうよん</rt></ruby><ruby>分<rt>ぷん</rt></ruby>まで」とか<ruby>中途半端<rt>ちゅうとはんぱ</rt></ruby>な<ruby>時間<rt>じかん</rt></ruby>で<ruby>終了<rt>しゅうりょう</rt></ruby>。どうして<ruby>午後<rt>ごご</rt></ruby><ruby>9時<rt>くじ</rt></ruby>じゃないの？

很多節目都會「播到晚上八點五十四分」之類的，在不完整的時間結束，為什麼不是到晚上九點呢？

<ruby>日本民間放送連盟<rt>にほんみんかんほうそうれんめい</rt></ruby>では「<ruby>CM<rt>シーエム</rt></ruby>の<ruby>放送時間<rt>ほうそうじかん</rt></ruby>は<ruby>総放送時間<rt>そうほうそうじかん</rt></ruby>の<ruby>18<rt>じゅうはち</rt></ruby>パーセント<ruby>以内<rt>いない</rt></ruby>」という<ruby>基準<rt>きじゅん</rt></ruby>があるの。

日本民間放送聯盟規定「廣告的播放時間不能超過總播放時間的18%」。

<ruby>番組<rt>ばんぐみ</rt></ruby>の<ruby>長<rt>なが</rt></ruby>さ 節目的長度	<ruby>CM<rt>シーエム</rt></ruby>の<ruby>時間<rt>じかん</rt></ruby> 廣告的時間
<ruby>5分以内<rt>ごふんいない</rt></ruby>	<ruby>1分<rt>いっぷん</rt></ruby><ruby>00秒<rt>れいびょう</rt></ruby>
<ruby>10分以内<rt>じゅっぷんいない</rt></ruby>	<ruby>2分<rt>にふん</rt></ruby><ruby>00秒<rt>れいびょう</rt></ruby>
<ruby>20分以内<rt>にじゅっぷんいない</rt></ruby>	<ruby>2分<rt>にふん</rt></ruby><ruby>30秒<rt>さんじゅうびょう</rt></ruby>
<ruby>30分以内<rt>さんじゅっぷんいない</rt></ruby>	<ruby>3分<rt>さんぷん</rt></ruby><ruby>00秒<rt>れいびょう</rt></ruby>
<ruby>40分以内<rt>よんじゅっぷんいない</rt></ruby>	<ruby>4分<rt>よんふん</rt></ruby><ruby>00秒<rt>れいびょう</rt></ruby>
<ruby>50分以内<rt>ごじゅっぷんいない</rt></ruby>	<ruby>5分<rt>ごふん</rt></ruby><ruby>00秒<rt>れいびょう</rt></ruby>
<ruby>60分以内<rt>ろくじゅっぷんいない</rt></ruby>	<ruby>6分<rt>ろっぷん</rt></ruby><ruby>00秒<rt>れいびょう</rt></ruby>

この<ruby>基準<rt>きじゅん</rt></ruby>の<ruby>中<rt>なか</rt></ruby>で、テレビ<ruby>局<rt>きょく</rt></ruby>の<ruby>人<rt>ひと</rt></ruby>たちは【<ruby>6分以上<rt>ろっぷんいじょう</rt></ruby><ruby>10分未満<rt>じゅっぷんみまん</rt></ruby>のミニ<ruby>番組<rt>ばんぐみ</rt></ruby>を<ruby>作<rt>つく</rt></ruby>る】という<ruby>CM<rt>シーエム</rt></ruby><ruby>時間<rt>じかん</rt></ruby>を<ruby>増<rt>ふ</rt></ruby>やす<ruby>方法<rt>ほうほう</rt></ruby>を<ruby>考<rt>かんが</rt></ruby>えたよ！

<ruby>60分<rt>ろくじゅっぷん</rt></ruby><ruby>番組<rt>ばんぐみ</rt></ruby>では、<ruby>CM<rt>シーエム</rt></ruby><ruby>時間<rt>じかん</rt></ruby>は<ruby>6分以内<rt>ろっぷんいない</rt></ruby>だから、<ruby>55分<rt>ごじゅうごふん</rt></ruby>の<ruby>番組<rt>ばんぐみ</rt></ruby>だったら、その<ruby>後<rt>ご</rt></ruby>に<ruby>5分<rt>ごふん</rt></ruby>のミニ<ruby>番組<rt>ばんぐみ</rt></ruby>を<ruby>作<rt>つく</rt></ruby>ると、<ruby>CM<rt>シーエム</rt></ruby><ruby>時間<rt>じかん</rt></ruby>は<ruby>6分<rt>ろっぷん</rt></ruby>+<ruby>1分<rt>いっぷん</rt></ruby>で<ruby>合計<rt>ごうけい</rt></ruby><ruby>7分<rt>なな</rt></ruby>。でもこの<ruby>番組<rt>ばんぐみ</rt></ruby>を<ruby>54分<rt>ごじゅうよんぷん</rt></ruby>で<ruby>終<rt>お</rt></ruby>わらせるようにすれば、<ruby>次<rt>つぎ</rt></ruby>のミニ<ruby>番組<rt>ばんぐみ</rt></ruby>が<ruby>6分<rt>ろっぷん</rt></ruby>となるから、<ruby>CM<rt>シーエム</rt></ruby><ruby>時間<rt>じかん</rt></ruby>は<ruby>6分<rt>ろっぷん</rt></ruby>+<ruby>2分<rt>にふん</rt></ruby>の<ruby>合計<rt>ごうけい</rt></ruby><ruby>8分<rt>はっぷん</rt></ruby>になって、<ruby>CM<rt>シーエム</rt></ruby><ruby>時間<rt>じかん</rt></ruby>を<ruby>増<rt>ふ</rt></ruby>やすことができる。

これが、ゴールデンタイムの<ruby>番組<rt>ばんぐみ</rt></ruby>が<ruby>中途半端<rt>ちゅうとはんぱ</rt></ruby>な<ruby>時間<rt>じかん</rt></ruby>に<ruby>終<rt>お</rt></ruby>わっている<ruby>理由<rt>りゆう</rt></ruby>だよ。

因為這個規定，電視局的人便想出【製作六分鐘以上不到十分鐘的迷你節目】這個方法來增加廣告的時間長度。

六十分鐘的節目，廣告時間只能在六分鐘以內，如果是五十五分鐘的節目後面再加一個五分鐘的迷你節目，廣告時間就是六分鐘加上一分鐘，總共七分鐘。但是這個節目如果在五十四分結束，接下來的迷你節目就會變成六分鐘，廣告時間變成六分鐘加兩分鐘，總共八分鐘，藉此可以增長廣告時間。

這就是為什麼黃金時段的節目會在不完整的時間結束。

楽しいこと、たくさん！

有好多開心的事！

日本のクリスマスはきれい♪

日本的聖誕節好漂亮♪

日本で始めて迎えるクリスマス！街中はイルミネーションで溢れて、キラキラしてすごくきれい。クリスマスソングが流れて、気分もすっかりクリスマス♪バイト先の店でも、ツリーやリースを飾った。飾り付けするだけでも楽しい。でもどうやら日本のクリスマスは、恋人たちのイベントらしい…私は雰囲気だけでも充分楽しんでるけど、みんなそわそわしてる感じ。みんなはどうやって過ごすんだろう…。先輩は…？

在日本迎接的第一個聖誕節！街道上充滿燈飾，閃閃發光地好漂亮。隨著聖誕歌曲的播放，心情也變得很聖誕♪打工的店也裝飾了聖誕樹和聖誕花圈。光是擺上裝飾就好開心。但是日本的聖誕節好像是戀人專屬的節慶……。我就算只是感受氣氛也很開心，但是大家好像都很心神不寧。大家都是怎麼過聖誕節的呢……。前輩呢……？

クリスマス戦争？　聖誕節戰爭？

- 予定(よてい)決(き)めたの？恋人(こいびと)たちのクリスマスだよ。

  你有約了嗎？這可是情侶專屬的聖誕節啊。

- イルミネーションを一緒(いっしょ)に見(み)に行(い)こう。

  一起去看燈飾吧。

- クリスマスツリーの飾(かざ)り付(つ)けは楽(たの)しいね！

  裝飾聖誕樹很開心！

- ポインセチアやヒイラギを飾(かざ)ろう！

  來裝飾聖誕紅和柊樹吧！

- 窓(まど)にスノースプレーでデコレーションしたよ！

  用雪花噴霧裝飾了窗戶喔！

- 早(はや)めにローストチキンの予約(よやく)をしないと！

  要快點預約烤雞才行！

- クリスマスといえば〇〇だよね。

  説到聖誕節的話當然是〇〇囉。

136

- ・クリスマスイブ　　・クリスマスソング　・ジングルベル
  聖誕夜　　　　　　　　聖誕歌曲　　　　　　聖誕鈴聲

- ・クリスマスツリー　・クリスマスリース　・オーナメント
  聖誕樹　　　　　　　　聖誕花圈　　　　　　裝飾品

- ・トナカイ　・サンタクロース　　・ソリ　　　・ベル
  馴鹿　　　　聖誕老人　　　　　　雪橇　　　　鐘

・町中にクリスマスソングが流れて、イブって感じだね。
　まちじゅう　　　　　　　　　　　　　なが　　　　　　　　かん

　街上播著聖誕歌曲，很有聖誕夜的氣氛呢。

- ・クリスマスパーティー　　・イルミネーション　　・カード
  聖誕派對　　　　　　　　　　燈飾　　　　　　　　卡片

- ・プレゼント交換　・シャンパン　・クラッカー　・コスプレ
  　　　こうかん
  交換禮物　　　　　香檳　　　　拉炮　　　　　變裝

- ・クリスマスケーキ　・ローストチキン　　・キャンドル
  聖誕蛋糕　　　　　　烤雞　　　　　　　　蠟燭

- ・ヒイラギ　・ポインセチア　・天使　・ジンジャーブレッド
  　　　　　　　　　　　　　　てんし
  柊樹　　　　聖誕紅　　　　　天使　　薑餅人

- ・スノースプレー
  雪花噴霧

137

豆知識メモ！！

豆知識随手記！！

🎧 101

日本と海外のクリスマスの違い

日本和國外聖誕節的不同

Japan	クリスマスの過ごし方	Foreign country
	聖誕節的慶祝方式	

Japan

恋人がいる場合は恋人とデートをして過ごす場合が多い。

有戀人的人大多是和另一半約會來度過。

Foreign country

家族や親戚・友人と自宅でパーティーをしたりゆっくりと過ごす。

跟家人或親朋好友在家裡辦派對悠閒地度過。

Japan クリスマスの食べ物 **Foreign country**

聖誕節吃的食物

Japan

デコレーションされたクリスマスケーキやフライドチキン・ローストチキンを食べる！

吃有裝飾的聖誕節蛋糕或是炸雞、烤雞。

Foreign country

シンプルなバターケーキやクッキーなどの焼き菓子・七面鳥や羊肉・魚介類をメインとして食べる！

簡單的奶油蛋糕或是餅乾等用烤的點心，並以火雞、羊肉、魚貝類為主菜。

Japan クリスマス中の営業 **Foreign country**

聖誕節時的營業狀況

Japan

クリスマスもお店は営業している。むしろクリスマスが一番人混みが多い。

聖誕節店家也會營業，聖誕節可說是人最多的時候。

Foreign country

クリスマスのお店は休業している場合が多く、街全体も比較的静か。

聖誕節時店家大多休息，街上整體來說比較安靜。

クリスマスプレゼント
聖誕節禮物

子供のクリスマスプレゼントも基本的には一つ。25日の朝目覚めると枕元にサンタさんから一つのプレゼント☆

小朋友的聖誕節禮物基本上只有一個。25日早上起床的時候會在枕頭旁邊看到聖誕老人給的一份禮物☆

子供はサンタさん以外からも多くのプレゼントをもらう！クリスマスまでにどんどんプレゼントが増えていく。部屋のクリスマスツリーの下にプレゼントを並べていて25日に一気に開封するらしい！

小朋友除了聖誕老人給的禮物，還會收到很多禮物！一直到聖誕節來臨前禮物會越來越多。禮物會放在房間的聖誕樹底下，在25日那天一口氣一起打開！

クリスマスツリーの片付け
聖誕樹的整理

12月25日のクリスマスが終わると、年末・お正月に合わせて一気に片づける。

12月25日聖誕節結束之後，會到年底、新年一口氣一起整理。

クリスマスが終わってもすぐにしまわずに年が明けても飾っている場合が多い。

就算聖誕節過了也不會馬上收起來，大多會放到新的一年。

クリスマスに一人で過ごす僕のようなやつを、【クリぼっち】っていうんだよ。

像我這樣一個人過聖誕節的人稱為【クリぼっち】。

レストランでディナー？

在餐廳吃晚餐？

クリスマスに先輩に誘われちゃった…びっくり。全然予想してなかったなぁ…。レストランとか、予約してくれるって言ってたけど、なんだか申し訳ない感じ。お礼もかねて、プレゼント買おう♪

クリスマスだし、やっぱり必要だよね。どんなレストランでご飯食べるんだろう♪さくらといつきにはデートだって言われたけど、先輩はそんな深く考えてないと思うんだよね…うれしいけど、どうしたらいいのか難しいところだなぁ。

聖誕節被前輩約了……嚇了我一跳。完全沒有預料到啊……。

餐廳之類的前輩說他會去預約，但總覺得不太好意思。買個禮

物吧，算是表達謝意♪畢竟是聖誕節，還是該準備。

會在什麼樣的餐廳吃飯呢♪雖然咲良和樹都說這是約會，但我覺

得前輩應該沒有想這麼多吧……。我很開心，但是不知道該怎

麼做才好，真的是好難啊。

聞（き）きましたよ、先輩（せんぱい）。デートするらしいっすね。

我聽說了唷，前輩。聽說你們要去約會啊。

そんなんじゃなくて、飯食（めしく）うだけだよ。

不是那樣啦，只是吃飯而已。

今（いま）だってレストランの口コミ（くち）チェックしてるじゃないすか。

你該不會到現在才在查餐廳的評價吧！

クリスマスに…二人（ふたり）で…それデートっすよ。

在聖誕節的時候⋯⋯兩個人⋯⋯那就是約會啊。

うっさいなぁ。電話（でんわ）するんだから静（しず）かにしとけよ。

吵死了。我要打電話你安靜一點啦。

お電話（でんわ）ありがとうございます。カフェダイニング Saki でございます。

感謝您的來電。這裡是 cafe dinning Saki。

12 月 25 日（じゅうにがつにじゅうごにち）に 2 名（めい）でディナーコースを予約（よやく）したいんですが…

我想要預約 12 月 25 日兩位的晚餐方案⋯⋯。

ありがとうございます。お名前（なまえ）とご連絡先（れんらくさき）をお願（ねが）い致（いた）します。

感謝您的預約。請給我您的姓名和聯絡方式。

やっぱプレゼントも渡（わた）すんすか？

那也要準備禮物給她嗎？

あっそれは全然考（ぜんぜんかんが）えてなかった。

啊，那些我完全沒想耶。

104

- 【日時】に○名で予約したいのですが…

  我想要預約【時間日期】○位……。

- お名前とご連絡先をお願い致します。

  請給我您的姓名和聯絡方式。

- 禁煙席はありますか？

  請問有非吸菸區嗎？

- ご予約内容を確認させて頂きます。

  跟您確認一下預約的內容。

- ご来店お待ちしております。

  恭候您來店。

- すみません、予約時間（人数）の変更をしたいのですが…

  不好意思我想要更改預約的時間(人數)……。

- ○日の○時って席空いてますか？

  ○日○點還有位置嗎？

- ○名で個室予約って可能ですか？

  ○人的話可以預約包廂嗎？

105

- ネット予約　網路預約
- 電話予約　電話預約
- ランチコース　午餐方案
- ディナーコース　晚餐方案
- 口コミサイト　評價網站
- 高評価　高評價
- クレーム　抱怨
- 割引券　折價券
- クーポン　優惠券
- 予約番号　預約號碼
- 予約キャンセル　取消預約
- 予算　預算

- 口コミサイトで調べた店にネット予約したよ。

  用網路預約了在評價網站查到的店喔。

- カウンター席　吧檯座位
- テーブル席　一般座位
- 満席　客滿
- 空席　空位
- 夜景　夜景
- 記念日　紀念日
- アニバーサリー　週年
- サプライズ　驚喜
- カフェバー　咖啡吧
- ダイニングレストラン　餐廳
- バール　酒吧
- ビストロ　法式小餐館
- ビュッフェレストラン　自助吧餐廳
- ラウンジ　休閒酒吧

- 本当は夜景の見えるラウンジとかに行ってみたいけど、予算がなかなか合わないなぁ。

  真的好想去可以看夜景的酒吧，但是預算不太夠啊。

143

豆知識メモ！！　　豆知識随手記！！

106

最近は電話予約よりネット予約が主流。

比起電話預約，最近的主流是網路預約。

インターネットの発達のおかげで、前は当たり前だった電話予約よりも若い人を中心にネット予約が主流になってきたらしい。

予約する側にとっては全ての情報がウェブサイト上に書いてあって、スマホ一台あれば予約できるから楽だし、割引クーポンやポイントなどが貯まってお得にお食事が楽しめるというメリットが！

レストラン側にとっては電話応対をしなくて済むので、仕事効率が良くなるし、管理も非常に楽になるといったメリットがある。

多虧網路的發達，以前被視為理所當然的電話預約，現在以年輕人為主的網路預約似乎成為了主流。

對預約的客人來說，所有的店家資訊都寫在網頁上，只要有一台智慧型手機就能預約，相當方便，還可以收集折價券和點數，划算地享受餐點。

而對餐廳來説，因為不用接電話就能完成預約，也有工作效率提升、管理更容易等優點。

★電話予約のタイミング　電話預約的時機

人気のレストランは営業時間中はたくさんのお客さんが来るから、とても忙しくて予約依頼の電話に対してスタッフが十分な対応が出来ない可能性が高い…

なので、予約電話をする時は、昼食営業、夕食営業をしているお店の場合は、10:00 ～ 11:00、14:00 ～ 17:00 の時間帯に電話をするとお店のスタッフも比較的丁寧に対応してくれる。

人氣餐廳在營業時間會有非常多客人，非常忙碌，所以很有可能出現店員無法好好接聽預約電話的情形……。

因此預約午晚餐時段營業的餐廳最好是在 10:00~11:00、14:00~17:00 的時段打電話，店員可以比較細心有禮地接待。

また、気になっている女性を誘ってデートなどの気合を入れてレストランを予約する際は遅くても一週間前には予約を取ろう。そうしないと、どこも予約がいっぱいでデートが中止になっちゃうかも…

此外，如果邀請了心儀的女生約會等，要認真預約餐廳的話最晚也要在一周前預約。不然的話，可能因為到處都客滿而無法約會了……。

クリスマスディナーってなぜチキンを食べるんだろう。

為什麼聖誕節大餐要吃炸雞呢？

クリスマス文化の本場の欧米諸国では、クリスマスのディナーといえば、七面鳥の丸焼き！でも日本では七面鳥がなかなか手に入らないから、その代わりにチキンがメインとなっているらしい。ではなぜそもそも、クリスマスに七面鳥を食べるんだろう。

その歴史は17世紀、ヨーロッパからアメリカへ向かった移住民たちが、現地で飢えないように捕まえて食べたのが、七面鳥。そして、現地人であったインディアン（ネイティブアメリカン）からも七面鳥が与えられ、移住民たちは飢え死にせずに済んだ、ということから、七面鳥は単なるごちそうではなく、アメリカ発の歴史ある縁起物になったんだとか。
なので、感謝祭やクリスマス、結婚式などお祝いの場には欠かせない食べ物となったらしい。

在聖誕節文化發源地的歐美各國，提到聖誕節大餐的話，當然就是烤火雞了。但是日本不容易買到火雞，便以炸雞取而代之做為主要餐點。不過話說回來，為什麼聖誕節要吃烤火雞呢？
這個歷史可以追溯到17世紀從歐洲移居到美國的移民們，當時為了不餓肚子所捕食的正是火雞。此外當地的印地安人（美國原住民）也給他們火雞，讓移民們不會餓死，所以火雞並不只是一道菜餚，更是有美國歷史淵源的東西。
因此火雞在感恩節、聖誕節或是婚禮等慶祝的場合，成了不可或缺的料理。

いよいよ、ディナー…

終於到了晚餐當天……

駅前で待ち合わせて、そこから先輩とディナー。その後は友達のライブに連れて行ってもらう…なにこれ、デートみたい！こんなクリスマス初めてだなあ…どんなレストランなのかまだ教えてもらっていないけど、ドレスコードがあるらしい…。（相当高そう）そんなに高いレストラン、あんまり行ったことないし、緊張しちゃうなあ…

在車站前會合，然後跟前輩去吃晚餐。接下來他要帶我去朋友的演唱會……。什麼啊，好像在約會！第一次過這樣的聖誕節啊……。他還沒跟我說是怎樣的餐廳，但好像有服裝規定……（好像很貴）。那樣的高級餐廳我沒去過幾次，有點緊張啊……。

ディナーの日♪

晩餐當天♪

108

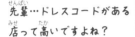
先輩…ドレスコードがある店って高いですよね？

前輩……有服裝規定的餐廳應該很貴吧？

そんなことないって。

沒這回事啦。

ドリンクメニューはただ今ソムリエがお持ちいたします。

飲品菜單將由侍酒師為您奉上。

いらっしゃいませ。こちらフードメニューです。

歡迎光臨，這是我們的餐點菜單。

こちら、こくがあり、舌触りも滑らかな赤ワインです。

這支紅酒味道醇厚，喝起來很滑順。

おいしい！

好好吃

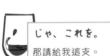
じゃ、これを。

那請給我這支。

ここは旬の新鮮な食材をシェフお任せで料理してもらえるんだよ。

這裡是使用當季新鮮食材的無菜單料理喔！

先輩…プレゼント買えなくて…今日、私おごります。

前輩……其實我沒買到禮物……所以今天我請客吧。

オレはいつか自分でレストランを開きたいから、これも勉強なんだ。

我之後想要自己開餐廳，所以這也算是一種學習啊。

そうなんだ…

原來如此啊……

何言ってんだよ、オレのおごりだよ。

妳在說什麼啊！我要請妳啊。

・当店にはドレスコードがございます。
本店有服裝規定。

・いらっしゃいませ。こちらフードメニューです。
歡迎光臨。這是餐點菜單。

・ドリンクメニューはただ今ソムリエがお持ちいたします。
飲品菜單將由侍酒師為您奉上。

・こくがあり、舌触りも滑らかな赤ワインです。
這支紅酒味道醇厚、喝起來很滑順。

・ここは旬の新鮮な食材を料理してもらえるんだよ。
這裡是使用當季新鮮食材來料理的喔！

・今日、私、おごります。
今天我請客。

・今日はみんなで割り勘にしましょう。
今天大家各付各的吧。

・シェフお任せで料理してもらおう。
就交給主廚來料理吧。

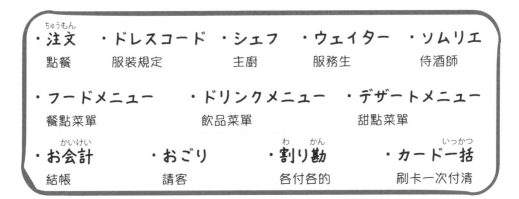

- **注文**（ちゅうもん） ・ドレスコード ・シェフ ・ウェイター ・ソムリエ
  點餐　　　　　服裝規定　　　　主廚　　　　服務生　　　　侍酒師

- ・フードメニュー ・ドリンクメニュー ・デザートメニュー
  餐點菜單　　　　　飲品菜單　　　　　甜點菜單

- **お会計**（かいけい） ・おごり ・**割り勘**（わかん） ・カード一括（いっかつ）
  結帳　　　　　請客　　　　各付各的　　　刷卡一次付清

・すみません、デザートメニューをください。

　不好意思，請給我甜點菜單。

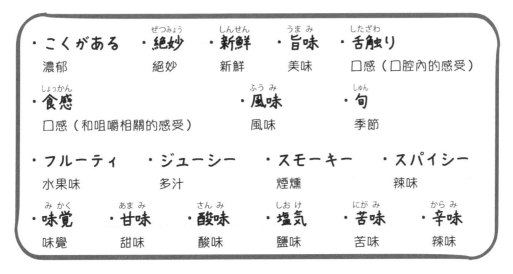

- ・こくがある ・**絶妙**（ぜつみょう） ・**新鮮**（しんせん） ・**旨味**（うまみ） ・**舌触り**（したざわり）
  濃郁　　　　絕妙　　　　新鮮　　　美味　　　口感（口腔內的感受）
- ・**食感**（しょっかん）　　　　　・**風味**（ふうみ）　　　・**旬**（しゅん）
  口感（和咀嚼相關的感受）　　風味　　　　季節

- ・フルーティ ・ジューシー ・スモーキー ・スパイシー
  水果味　　　　多汁　　　　　煙燻　　　　辣味
- ・**味覚**（みかく） ・**甘味**（あまみ） ・**酸味**（さんみ） ・**塩気**（しおけ） ・**苦味**（にがみ） ・**辛味**（からみ）
  味覺　　　　甜味　　　　酸味　　　　鹽味　　　苦味　　　辣味

・このワインは、**舌触り**（したざわり）がすごくまろやかで、フルーティな香り（かお）
　が**絶妙**（ぜつみょう）ね。

　這個紅酒的口感相當柔順、果香也非常地濃郁。

知っておきたい言葉【洋食 ver.】

し ことば ようしょく

需要先了解的用語【洋食篇】

■アラカルト　単點

たんぴんりょうり　　　　　　　　　　りょう　おお　　　　　　　　　りょう　ようかくにん

単品料理のこと。ちょっと量が多いことがあるから、量を要確認。

單品餐點的意思。有時候份量會比較多，要特別確認。

■プリフィクス　套餐

き　　ねだん　　　　　りょうりないよう　じぶん　えら　　　　　　　　　　　　　　　　　　　　ぜんさい

決まった値段で、料理内容を自分で選べるシステムのこと。　たとえば、前菜やメインを

き　　　　しゅるい　なか　えら　　　　　　こうか

決まった種類の中から選んで決めることができる。

在固定的價錢中自行選擇餐點內容的方式。例如可以在幾個種類裡挑選前菜和主餐。

■アペリティフ　餐前酒

しょくぜんしゅ　　いっぱんてき

食前酒。一般的にはスパークリングワイン、キール、ワインベースのカクテルなど。リ

しょくよくぞうか　こうか

ラックスしたり、食欲増加の効果がある。

餐前酒。通常是氣泡酒、基爾酒或是以紅酒為基底的雞尾酒等等。放鬆之外也有增加食慾的效果。

知っておきたい言葉【和食 ver.】

し ことば わしょく

需要先了解的用語【和食篇】

会席料理のメニューを知りたい！

かいせきりょうり　　　　　　　　　し

想了解懷石宴會料理的菜單！

・前菜…おつまみ。季節の珍味がきれいに盛り付けられた料理。

　ぜんさい　　　　　　　　　きせつ　ちんみ　　　　　　　　　もっ　つ　　　　りょうり

　前菜…配酒小菜。用當季美食裝飾得很漂亮的料理。

・吸い物…季節のものをいれた、スープ。

　す　もの　きせつ

　清湯…加入當季食材的湯品。

・刺身向付

　さしみ むこうづけ

　生魚片 (搭配主菜的菜餚)

・煮物…季節の野菜の煮物。

　にもの　きせつ　やさい　にもの

　水煮類…當季蔬菜的燉煮料理。

- 焼物…主に季節のお魚。これが会席料理のメイン。

  燒烤類…主要是當季的魚。這是懷石料理的主菜。

- 揚げ物…季節の魚や野菜の天ぷらや、から揚げ。

  炸物…當季的魚、蔬菜天婦羅或是炸雞。

- 酢の物…お口直しのさっぱりした料理。

  醋拌涼菜…換口味用的清爽料理。

- ごはん／香の物／止め椀…止め椀は赤だしのお味噌汁。お酒はここで終わり。

  飯、醃漬物、湯…湯是紅味噌湯。酒喝到這裡為止。

- 果物・菓子

  水果、點心

世界三大料理ってなに？　世界三大料理是什麼？

- フランス料理、トルコ料理、中華料理　法國料理、土耳其料理、中華料理
  この料理は全部、宮廷料理から発展したもの！

  這些料理都是從「宮廷料理」發展而成的

世界三大珍味ってなに？　世界三大美味是什麼？

- キャビア、トリュフ、フォアグラ　魚子醬、松露、鵝肝醬
  キャビアはチョウザメの卵。別名黒いダイヤと呼ばれる高級品！

  魚子醬是鱘魚的卵。是又被稱為「黑色鑽石」的高級品！

日本三大珍味ってなに？　日本的三大美味是什麼？

- カラスミ、コノワタ、ウニ　烏魚子、海參腸、海膽
  コノワタはごはんと一緒に味わったりするのがオススメ。

  非常推薦把海參腸配白飯一起吃。

お買い物の日！
購物的日子！

日本に来て、初めてショッピングモールに行った時から、私はショッピングモールが大好き！専門店も、スーパーも、ホームセンターも、映画館も、ゲームセンターもあって、フードコートもある♪一日カフェやレストラン、すごく楽しい、しかも中居ても飽きないよ。でも都会には少ないみたい。今日は渋谷でさくらとお買い物の日！さくらお勧めのお店に連れて行ってくれるらしい♪

來日本之後，從第一次去購物商場我就超喜歡購物商場！有專櫃、超市、家庭建材量販店、電影院，還有遊樂場，超開心的，而且還有咖啡廳、餐廳，也有美食廣場♪ 就算待一整天也不會膩喔！但是市區好像很少見。今天是要去澀谷和咲良一起買東西的日子！咲良要帶我去她推薦的店♪

かわいい♪
好可愛♪

でしょ。いまセールだし、チャンスだよ。
是吧！現在還有特價，是很好的購買時機喔。

じゃあ今度、アウトレットモール行こうよ。（こん ど）（い）
那下次我們去暢貨中心吧。

私、日本のブランド大好きだけど、ちょっと高いよね。（わたし）（にほん）（だい す）（たか）
我很喜歡日本的品牌，但是真的有點貴耶。

行きたーい！楽しそう！（い）（たの）
我想去！感覺很棒！

ねえ、この値札に書いてある値段って、税込み価格？（ね ふだ）（か）（ね だん）（ぜい こ）（か かく）
這個吊牌上寫的價錢是含稅的價格嗎？

いつきも先輩も誘おうね。（せんぱい）（さそ）
也約樹和前輩好了。

あ、そうそう。ちなみに日本は値引き交渉できないからね。（にほん）（ね び）（こうしょう）
啊！沒錯。順帶一提，日本是不能殺價的喔！

あ〜お腹空いちゃった。なんか食べに行こう！（なか す）（た）（い）
啊〜肚子餓了。我們去吃點什麼吧！

先輩とのクリスマスディナーのこともじっくり聞きたいからね…ゆっくりお茶しよ。（せんぱい）（き）（ちゃ）
我也想仔細地問問妳跟前輩的聖誕節晚餐……我們慢慢喝茶吧。

そうだね！近くにお勧めのカフェあるよ！（ちか）（すす）
好啊！這附近有我推薦的咖啡廳喔！

えっ…
咦……

153

・いまセールだし、チャンスだよ。

現在還有特價，是很好的購買時機喔。

・この値札に書いてある値段って、税込み価格？

這個吊牌上寫的價錢是含稅的價格嗎？

・ちなみに日本は値引き交渉できないからね。

順帶一提日本是不能殺價的喔。

・この時期はブランドショップがセールしているよ。

這段時間品牌專賣店都在做優惠喔。

・日用品の買出しは、スーパーが安いよ。

要採買日常用品的話，去超市比較便宜喔。

・この店は試食も試飲もできるから、いいよね。

這家店可以試吃也可以試喝，很不錯耶。

・そこのブランドはいつも試供品をくれるよ。

那個牌子都會給試用品喔。

🎧115

・ショッピングモール　　・フードコート　・デパート　　・専門店（せんもんてん）
購物商場　　　　　　　美食廣場　　　百貨公司　　專櫃

・ブランドショップ　　・オンラインストア　・ホームセンター
品牌專賣店　　　　　網路商店　　　　　家庭建材量販店

・アウトレットモール　　　・スーパーマーケット
暢貨中心　　　　　　　　超市

・ショッピングモールにはフードコートもあるし、大好き（だいす）！

購物商場裡面還有美食廣場，超喜歡的！

・日用品（にちようひん）・食品（しょくひん）・洋服（ようふく）・雑貨（ざっか）・電化製品（でんかせいひん）・文房具（ぶんぼうぐ）
日常用品　食品　衣服　雜貨　電器產品　文具

・アクセサリー　　・家具（かぐ）　　　・食器（しょっき）　　・化粧品（けしょうひん）
飾品　　　　　　家具　　　　　餐具　　　　　化妝品

・値札（ねふだ）・表示価格（ひょうじかかく）・税込（ぜいこみ）・税抜き（ぜいぬき）・値引き交渉（ねびきこうしょう）
標價牌　　價格　　　含稅　　不含稅　　殺價

・試着（しちゃく）　　・試食（ししょく）　　・試飲（しいん）　　・試供品（しきょうひん）
試穿　　　　　試吃　　　　　試喝　　　　　試用品

・日用品（にちようひん）と食品（しょくひん）はスーパーで買（か）うけど、家電製品（かでんせいひん）はやっぱり電気（でんき）屋（や）さんで買（か）わなければいけないね。

日常用品和食物會在超市買，但如果是電器產品還是得去電器行買才行。

155

東京でショッピングといえば！？ 說到在東京購物的話！？

【渋谷】澀谷

渋谷109や渋谷ヒカリエを中心とし、幅広い世代の方から支持されている東京随一のショッピングスポット。山手線渋谷駅の目の前にある「忠犬ハチ公」の像の前で友達と待ち合わせをして、ショッピングに行くというのが鉄板コースである。

以澀谷109或澀谷hikarie為中心，是橫跨各世代客群，東京首屈一指的購物景點。先在山手線澀谷站正前方的「忠犬八公像」前面跟朋友會合，再去逛街購物是一個固定的行程。

【原宿】原宿

竹下通りが非常に有名で、常に日本の若者ファッションの最先端を突っ走っていると言われている。オシャレでかわいい服や雑貨を取り扱っているお店が軒並みあり価格も若者向けに比較的安く設定されている。また、流行りのスイーツなども堪能することができる！でも意外とこぢんまりしてるので回るのにそこまで時間はかからない。

竹下通非常的有名，無論什麼時候都被稱為走在日本年輕人時尚的最尖端。販賣著時髦又可愛的衣服和雜貨的店家林立，價格也是年輕人取向比較便宜。此外還可以品嚐到時下盛行的甜點！但是意外地很狹小所以繞一圈不太花時間。

【秋葉原】秋葉原

電化製品のことなら秋葉原にお任せ！最新の電化製品から中古まで幅広く取り扱うお店がたくさんあり、オタクたちの聖地とも言われている。アニメやマンガなどのポップカルチャーでも非常に有名！興味のある方はメイドカフェに行き、ご主人さま気分になるのもいいかも！

找電器產品就一定要來秋葉原！從最新的電器產品到中古貨，樣式多元的販賣店非常多，也被稱為御宅族的聖地。動畫或漫畫等大眾文化也相當有名！有興趣的人可以去女僕咖啡廳，體會一下當主人的感覺也不錯喔！

アウトレットモールはどうして安いの？

為什麼暢貨中心比較便宜？

メーカーが生産する商品は、どうしても在庫が必要！在庫を覚悟の上で生産することで利益率を上げる。その在庫を処分するために、アウトレットモールが活用されているらしい！

製造商生產商品的時候，無論如何一定需要庫存！做好庫存的準備再生產可以提高獲利。為了處理庫存品，廠商才會利用暢貨中心這個機制。

在庫を売り切るためにお店でバーゲンをするよりも、全く別の店で売った方が、ブランド力を損なわない結果になる。同じお店で、セールの時期を待つよりも、お客様に早く買ってほしい！というお店の気持ちから、アウトレットモールができたらしい。

比起為了清光庫存在店裡舉行特賣，在完全不同的店面販賣可以讓品牌形象不受損。與其讓客人在同一間店等待降價期間到來，不如早點讓他們付錢購買！據說是因為店家這樣的想法，才有了暢貨中心。

美術館デート？

美術館約會？

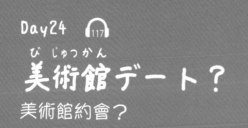

今週末に、期間限定の絵画展が近くの美術館であるみたい。すごくきれいなフランスの絵画展だから、チケットの倍率も高い。先輩がフランスの絵画に興味があるっていう話を聞いたから、この間のディナーのお礼に、誘ってみようかな。チケットの先行予約、インターネットで調べてみたら、2枚ゲットできた！ラッキー！早速明日、先輩に予定を聞いてみよう。断られたら、いやだけど…

這個週末，好像有期間限定的畫展要在附近的美術館舉辦。因為是非常漂亮的法國畫展，所以票也很難買到。聽說前輩對法國的畫有興趣，要不要當作上次晚餐的回禮約他去看呢？用網路查了一下預購，結果買到了兩張票！太幸運了！明天趕快去問前輩的行程。雖然被拒絕的話會很難過……。

絵画展♪ 畫展♪
かい　が　てん

先輩！
前輩！

この間、フランスの絵画に興味があるって言ってましたよね。週末よかったら、絵画展に行きませんか？
前陣子你說過對法國的畫有興趣對吧。週末方便的話要不要去畫展呢？

でも人気だろ？チケット買えるかな…
但是很熱門吧，買得到票嗎？

えっ行きたい行きたい！
欸！我想去我想去！

大丈夫です！私、もう前売券ゲットしました！この間のお礼です♪
沒問題！我已經買到預售票了！就當作是之前的回禮吧♪

デート当日
約會當天

今日、入場制限かかってるらしいよ。
今天好像有入場管制耶。

わ～！ありがとう！
哇！謝謝！

えっ本当ですか？土日ですから、来場者多そうですしね。
真的假的？因為是週末，人好像也很多呢。

チケット買っといてもらってよかったよ。
還好妳有先買票。

中国語の音声ガイドあるかなあ。専門用語は難しいですから。
不知道有沒有中文的語音導覽？因為專業用語比較難。

充分日本語上手だよ。大丈夫だろ。
妳日文很好啦。沒問題的～

・この間、〇〇に興味があるって言ってましたよね。
週末よかったら、〇〇に行きませんか？

前陣子你説對〇〇有興趣對吧。週末方便的話，要不要去
〇〇呢？

・今日は入場制限がかかっている。

今天有入場管制。

・土日だから、来場者が多そうです。

因為是週末，人好像也很多呢。

・〇〇語の音声ガイドはありますか？

有〇〇語的語音導覽嗎？

・期間限定の〇〇展が開かれているらしいよ。

好像正在展出期間限定的〇〇展喔。

・開館時間は〇時で、閉館時間は〇時です。

開館時間是〇點，閉館時間是〇點。

・館内では飲食禁止です。

館內禁止飲食。

・先行予約で買ったチケットはコンビニで支払います。

預訂的票是在便利商店付款。

・博物館
博物館

・美術館
美術館

・ギャラリー
畫廊

・展示会場
展示會場

・〇〇展
〇〇展

・水族館
水族館

・動物園
動物園

・展示物
展示品

・入館料 / 入園料
入館費 / 入園費

・チケット
票

・先行予約
事先預約

・入場制限 / 入場規制
入場限制 / 入場規定

・前売券
預售票

・当日券
當日票

・期間限定
期間限定

・会場マップ
會場地圖

・音声ガイド
語音導覽

・イベント
活動

・来場者
參加者

・開館 / 閉館
開館 / 閉館

・開場 / 閉場
開場 / 閉場

・飲食禁止
禁止飲食

・撮影禁止
禁止攝影

・チケットの先行予約が先週から始まったみたい。

票券預購好像是上禮拜開始的。

いろんな展覧会がある！？　有各式各樣的展覽！？

【物産展】　物産展

デパートなどで行われる各県、各国の商品を期間限定で集め、展示するもの。地方展が有名で、その名の通り地方の名産品や新鮮な魚介類などがたくさん販売していて、購入することができるみたい。ただお値段が結構するのが唯一の難点。

在百貨公司之類的地方舉辦，收集各縣或各國的商品來做期間限定展示。地方展很有名，就像它的名字一樣，販賣許多地方的名產或新鮮的魚貝類等，也可以購買。但價錢不太便宜是它唯一的缺點。

【万国博覧会】　萬國博覽會

新しい文化や科学技術の発展を目的とし、様々な展示物を出す万国博覧会。有名なものでいうと１９７０年に大阪で開催された大阪万博があり、当時のアメリカは「月の石」を、ソ連は「人工衛星」を展示し、非常に多くの方々がこれらを見るために会場に集まったらしい。

萬國博覽會是以發展新文化和科學技術為目的展出各式各樣的展覽品。說到最著名的就是1970年在大阪舉辦的大阪萬博，當時美國展出「月亮石」、蘇聯展出「人工衛星」，有非常多人為了參觀這兩樣展品而來到會場。

【美術展】 美術展

期間限定で至る所で開催される美術展。代表的なものとして西洋美術展やオリエント美術展などが挙げられる。有名な作品や普段は滅多に観ることが出来ない作品が観れる時もあるので、興味がある方は随時最新情報を check!

美術展是以期間限定的方式到處開設的展覽。代表的有西洋美術展或是東方美術展等等。有時候可以看到知名的作品、或是平常不容易看到的作品，有興趣的人要隨時注意最新情報！

チケットを買うときの方法 買票的方法

①電話でチケットを購入する際の注意点 用電話買票時的注意事項

1. プッシュホン回線を使用する！

   使用家用按鈕式電話線路！

2. 親機を使う！（子機は使用しない！）

   用母機！（不用子機！）

3. リダイヤルは絶対に使わない！

   絕對不按重撥！

4. 同じ番号に続けてかけない！（違う番号に順番にかけていった方が繋がり易い！）

   不要連續撥同一支電話號碼！（按順序去撥不一樣的號碼比較容易打通！）

5. 発売開始と同時に電話が繋がるようにする！（発売先によって開始時間が違うため5分～1分前からかけ始める！）

   最好在一開賣就打通電話！（依賣票方不同，開始時間有可能不一樣，所以前五到一分鐘就可以開始打！）

6. 本番前に練習する！

   正式來之前要練習！

7. 事前に掛ける順番の対応表を作っておき、それを使用する！

   事前準備好順序對應表來使用！

②店頭で購入する場合の注意点　在店家買票時的注意事項

まずは、先頭もしくはその付近に並ぶこと！ただ、公演数が少なくてホールが小さい場合、店舗の数より、チケットの数の方が少ない、という事も考えられる。店の人が手際が悪いと取れない事もあるから、この購入方法はあまりお勧めできない。

首先是必須排在最前面或是前幾個！但是如果表演場次少、場地也很小的話，有時候票會比店家數量少。有時候會因為店員技巧不好而沒買到票，所以不太推薦這個購買方法。

③インターネットで購入する際の注意点　網路購票的注意事項

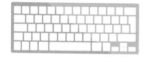

当日混むので重くてつながらないのは致命的。会員登録は事前にしておくこと。会員登録をせずに申し込みを始めると、途中で会員登録の入力をすることになって時間のロスになる。ちなみに、電話と同じように一度売り切れになっても数分後にまた復活していることがある。

當天網路流量過大而無法連上網頁是致命傷。一定要事先做好會員申請。如果沒有先申請就開始買票，購票時就會跳去會員登入的畫面浪費時間。順帶一提，跟電話賣票一樣，就算一時賣完了，幾分鐘之後也可能又有票釋出。

④コンビニのオンライン端末を利用する際の注意点

使用便利商店的線上購買機台時的注意事項

端末の操作を調べておくこと。発売時間後すぐにエントリー画面にできるよう、できるだけ画面を進めておいて購入する公演、枚数などに迷わないよう確認しておく！1店舗に1台しかないから、早めに端末の前に並んでおく。

事先查好機台的操作方式。為了確保開賣後可以馬上進入購買畫面，要盡快點下一頁，購買的場次、張數等也要毫不猶豫的確認好！因為一家店只有一台，要提早到機台前面排隊。

端末内の単語を check しよう！

來看看使用機台的用語吧！

- レシートプリンター
  收據列印
- 申込券
  預約券
- お客様控
  顧客收執聯
- クーポン券
  優惠券

- バーコードリーダー
  條碼機
- IC 読み取り部
  晶片讀取區
- 磁気カード読み取り部
  磁條卡片讀取區

- 購入
  購買
- レジ発券申込券
  付款取票單
- 精算
  結帳
- お支払い
  付款
- 受取り
  收件

- 引換え
  兌換
- 予約済み
  預約完成
- 当選券
  中獎券
- ポイント照会
  點數查詢

- 交換応募
  交換申請
- 会場マップ
  會場地圖
- 音声ガイド
  語音導覽

- イベント
  活動
- 加入手続き
  入會手續
- コンビニ受取りサービス
  超商取貨服務

- 取扱い
  處理
- 電子決済（電子マネー）
  線上結帳（電子錢包）

みんなで旅行！

大家一起去旅行！

バイトのみんなで、スノーボードのツアー旅行に行くことになった♪さっそく今日の帰りに旅行会社に寄って、パンフレットをたくさんもらってきちゃった。今は格安のパッケージツアーが多いし、パンフレットは見てるだけですっごく楽しい。ツアーによって特典もあるし、朝発か夜発かも違うし…温泉付かどうかも違うのかあ…みんなで相談しないと♪

要跟打工的同事一起參加滑雪板團♪今天回家馬上去旅行社拿了一堆行程介紹回來。最近有好多便宜的套裝行程，光是看介紹就好開心啊。每個行程不太一樣，有些有特典，也有早上出發和晚上出發的差別……有沒有溫泉的差別……要跟大家好好討論才行♪

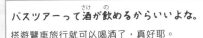 ツアーに出発♪ 出發去旅行♪

 123

バスツアーって酒が飲めるからいいよな。

搭遊覽車旅行就可以喝酒了，真好耶。

このツアーにしてよかったですよね。昼発で夕方着だと、なんだかのんびりできますし。

選這個行程真是太好了。中午出發傍晚抵達，可以悠哉地玩。

いつき大丈夫？酔ったの？もうすぐトイレ休憩だからね。

樹還好吧？暈車了嗎？快要到休息站了。

 次のサービスエリアは地ビールが有名なのに、もったいないなぁ。いつき。

下個休息站是以精釀啤酒聞名的地方啊！真可惜耶，樹。

 くやしい…。

我不甘心……。

世界遺産とかの観光もいいけど、冬はやっぱスノボツアーだね。添乗員も同行じゃないし、自由だし。

雖然去世界遺產之類的觀光也不錯，但冬天果然還是滑雪團啊。也沒有領隊同行，很自由。

集合時間と解散時間しか決まってないしね。

只有規定集合和解散時間呢。

このサービスエリア、道の駅らしいよ！特産品もあるかも！

這個休息站好像是國道休息站耶，或許有賣名產喔！

うう…僕も地ビール飲みたい…

嗚嗚……我也想喝精釀啤酒……

  わ～！買って、今夜ホテルで飲むときつまみにしようよ。

哇！買吧！今晚在飯店喝酒的時候可以當下酒菜。

 やめときな。

你算了吧。

・それではサービスエリアでトイレ休憩を取りますの
で、15分後には座席についてください。

きゅうけい　と

じゅうご　ふん　ご　　　　ざ せき

接下來會在休息站讓大家下車上廁所休息，請在十五分鐘後
回到座位上。

・次のサービスエリアは地ビールが有名です。

つぎ　　　　　　　　　　　　　　　じ　　　　　　ゆうめい

下個休息站的精釀啤酒很有名。

・このツアーは添乗員同行です。

てんじょういん　どう こう

本次行程會有領隊同行。

・このツアーは一ヶ月前までのキャンセル料は無料で
す。

いっ か げつまえ　　　　　　　　　　　　　りょう　　　む りょう

本次行程在一個月前取消的話是免手續費的。

・○○ツアーに○名で申し込みたいんですが…

めい　もう　し こ

我想報名○位參加○○行程。

・次の観光地は下車観光となります。

つぎ　かんこう ち　　げ しゃかんこう

下一個景點是下車觀光。

・このツアーの最少催行人員は○名様です。

さいしょうさいこうじんいん　　　　めい さま

本行程最低成團人數為○位。

記住這些單字吧！

🎧125

・ツアー / バスツアー / 格安ツアー / パッケージツアー
かくやす

旅行 / 遊覽車旅行 / 優惠行程 / 套裝行程

・個人旅行 / 日帰り旅行 / 受注型企画旅行　　・手配手数料
こじんりょこう　ひがえ　りょこう　じゅちゅうかたき かくりょこう　　てはいてすうりょう

個人旅行 / 當日來回旅行 / 量身規劃旅行　　　手續費

・パンフレット　・申込み　　　　・添乗員　　　・ツアーガイド
　　　　　　　　もうしこ　　　　てんじょういん

介紹手冊　　　報名申請　　　領隊　　　　導遊

・同行　　・下車観光　　・乗客　　・観光　　・○○発 / 着
どうこう　げしゃかんこう　じょうきゃく　かんこう　　はつ ちゃく

同行　　　下車觀光　　　乘客　　　觀光　　　○○出發 / 抵達

・座席　　　・サービスエリア　　・トイレ休憩
ざせき　　　　　　　　　　　　　きゅうけい

座位　　　　休息站　　　　　下車上廁所休息

・集合時間 / 解散時間 / 自由時間　　・最少催行人員
しゅうごうじかん かいさんじかん じゆうじかん　さいしょうさいこうじんいん

集合時間 / 解散時間 / 自由活動時間　　最少成團人數

・キャンセル料 / 取消料　　・変更料　　　・予約金
りょう とりけしりょう　へんこうりょう　よやくきん

取消手續費　　　　　更改費　　　訂金

・○○体験　　　　　　　　・○○見学
たいけん　　　　　　　　けんがく

○○體驗　　　　　　　　○○參觀

・名所（観光名所）　・観光地　・世界遺産　・道の駅
めいしょ かんこうめいしょ　かんこうち　せかいいさん　みちえき

景點 (觀光景點)　　觀光地　　世界遺產　　國道休息站

・特産品　　　　　　　　・地酒 / 地ビール
とくさんひん　　　　　　じざけ じ

名産　　　　　　　　　當地釀酒 / 精釀啤酒

豆知識メモ！！ まめちしき　豆知識隨手記！！

婚活お見合いバスツアー こんかつ　みあ　婚活相親巴士行程

行程を見てみよう こうてい　み　來看看行程吧

集合・受付 しゅうごう　うけつけ
集合・報到

集合時間に集まり、受付を済ませる。だけど、実はここからアピールは始まっている！少し早めに来て、自己紹介をどんどんしていくのもいいらしい…

在集合時間集合，完成報到。但是其實從這裡就要開始展現自己了！稍微提早一點到開始做自我介紹也不錯的樣子……。

車内（行き） しゃない　い
車上 (出發)

プロフィールカードが配布されるので、それに趣味などを記入する。そして、隣の席の方とのお喋りタイム！しばらくすると席替えタイムもあるとか…

車上會發放個人資料卡，在上面寫上興趣等等。然後就是跟鄰座的人聊天！過了一會兒也會有換位子的時間……。

観光地 かんこうち
觀光景點

観光地に到着したらランチ。その後自由行動またはグループ行動の時間…旅行気分になり、自然な関係が生まれやすいとか。

到了觀光景點後享用午餐。接下來是自由活動或是團體活動的時間……有了旅行氣氛之後比較容易萌生自然的關係喔。

車内（帰り） しゃない　かえ
車上 (回程)

ここが最後のチャンス、「アプローチカード」を記入し、添乗員にそれを渡し、添乗員経由でそれを気になる方に渡してもらうそう…

這是最後的機會，寫好「好感卡」交給領隊，透過領隊把卡片交給有興趣的對象……

その他、様々なおもしろバスツアー

除此之外還有各式各樣有趣的巴士行程

【ビール工場見学ツアー】　啤酒工廠參觀團

ビール好きにはたまらない！？製造工程が見れて、出来立てビールが飲めるツアーがあるらしい。有名なビールの工場に行き、少しまじめにビールに関しての勉強をした後は出来立てホヤホヤのビールをグイッと飲んで最高な気分になれる。まさにビール好きにはうってつけのツアー！

喜歡啤酒的人可受不了！？據說有可以看到製造過程、可以喝到剛做好啤酒的旅行團。去有名的啤酒工廠學習一些啤酒相關的知識後，一口喝下剛做好的啤酒，心情也會跟著變好。對喜歡啤酒的人而言是很理想的旅行團！

【〇〇狩りツアー】　採〇〇旅行團

いろいろな旬の果物のツアー。午前中に出発し、到着したら畑で決められた時間果物が食べ放題。

採各式各樣當季水果的旅行團。中午前出發，到達之後在果園裡可以限時水果吃到飽。

國家圖書館出版品預行編目 (CIP) 資料

一本漫畫學會生活日語會話 / 吉原早季子作；劉建
池，葉雯婷譯. -- 初版. -- 臺北市：日月文化，2017.09
176 面；16.7✕23 公分. -- (EZ Japan 樂學；16)
ISBN 978-986-248-664-1(平裝附光碟片)

1. 日語　2. 會話　3. 漫畫

803.188　　　　　　　　　　　　106011477

EZJapan 樂學 16
一本漫畫學會生活日語會話（1 書 1MP3）

作　　　　者：吉原早季子
繪　　　　者：吉原早季子
譯　　　　者：劉建池、葉雯婷
企　　　　劃：周君玲
主　　　　編：周君玲、李韻柔
編　　　　輯：蔡明慧
校　　　　對：吉原早季子、周君玲、蔡明慧、李韻柔
封 面 設 計：MARKO SUN
內 頁 排 版：簡單瑛設
配　　　　音：今泉江利子、須永賢一
錄 音 後 製：純粹錄音後製有限公司

發　行　人：洪祺祥
副 總 經 理：洪偉傑
副 總 編 輯：曹仲堯
法 律 顧 問：建大法律事務所
財 務 顧 問：高威會計師事務所
出　　　　版：日月文化出版股份有限公司
製　　　　作：EZ叢書館

地　　　　址：臺北市信義路三段151號8樓
電　　　　話：(02)2708-5509
傳　　　　真：(02)2708-6157
客 服 信 箱：service@heliopolis.com.tw
網　　　　址：www.heliopolis.com.tw
郵 撥 帳 號：19716071日月文化出版股份有限公司

總 經 銷：聯合發行股份有限公司
電　　　　話：(02)2917-8022
傳　　　　真：(02)2915-7212
印　　　　刷：禹利電子分色有限公司
初　　　　版：2017年9月
定　　　　價：320元
I　S　B　N：978-986-248-664-1